新潮文庫

謎好き乙女と奪われた青春

瀬川コウ著

新潮社版

10184

目次

謎好き乙女と奪われた青春

一章

誰にも気付かれずに花束を一瞬で入れ替える方法

1

入学式を終え、教室に戻った。僕ら二年生がどうして入学式に出ていたかというと、藤ヶ崎《ふじがさき》高校のしきたりだからである。在校生は、新入生を祝う意味を込めて入学式に出席するのだ。

着席して一息つく。内心の動揺を隠しながら、クラスメイト達の喧騒《けんそう》を数秒聞いた。「新入生代表の子、めっちゃ可愛《かわい》かったな」「な。思わず見惚《みと》れたわ」男子達の声が耳に入る。どうにも落ち着かない。僕は隣にいる浅田に声をかけた。

「なあ、浅田」

「ん？」

この後ある、部活紹介のプログラムから目を逸《そ》らさずに浅田は反応する。

とりあえず聞いてみる。

「皆が注目する壇上で、誰にも気付かれずに、一瞬で花束を入れ替える方法って何か思い付く？」

浅田は動きを止め、数秒してプログラムから視線を外し、僕を見た。顔をしかめている。

「壇上で？　誰にも気付かれずに？」

「そう。そして一瞬で花束を入れ替えるんだ」

浅田は目頭をつまんで、数秒してから答える。

「そりゃあ、お前……誰にも気付かれずには、難しいだろ……。えっと、春一《はるいち》はそういうことにしたいの？」

「……何が」

心の振幅を隠して淡々と反応する。

「え、そういう話じゃなかったのか？　だって、お前が新入生代表に渡した花束、なんか……おかしかっただろ」

「まあ、……」

僕は、生徒会役員として、新入生代表に花束を渡す役目を負っていた。

「赤薔薇《ばら》いっぱいの花束を渡すって……なんか、プロポーズみたいだったじゃん」

「プロポーズって馬鹿《ばか》言うなよ。あれは祝いの花束だ。まあ、確かに赤薔薇だけの花束っていうのは珍しいかもしれないけど、ありえなくはないんだよ。花言葉的に」

適当なことを言った。薔薇の花言葉なんて知らない。

彼が言っているのは、僕が新入生代表に壇上で渡した花束のことだ。それが赤薔薇の花束というのはおかしいのではないか、という話である。耳を澄ませると、あちらこちらでそういう話題が拾えた。

僕だって、入学式で贈呈する花束が全部赤薔薇というのはおかしいと思う。

「……」

面倒なことになるかもしれない。そもそも、どうしてこんなことになったんだっけ。

僕は、さっきの入学式を回想した。


僕は生徒会の一員として、ステージの袖《そで》から新入生を眺めていた。のりのきいた制服に身を包み、期待を込めた澄んだ瞳《ひとみ》で演説台にいるPTA会長の話に聞き入っている。一方、新入生の後ろにずらりと座っている在校生たちは、背もたれを余すことなく使い、退屈そうにしていた。もちろん話なんて聞いていないだろう。

僕も本来ならそうなっていたはずなのだが、新入生代表に花束を渡すという、生徒会の仕事が控えているので気が張っていた。だからPTA会長の話が耳に入った。

恰幅《かっぷく》の良い彼は、『私も高校三年間のことはよく覚えているし、そこでの思い出は今の私に最も影響を与えている。どうか、大いに熱意を持って青春してほしい』という趣旨のことを話していた。それを聞いて、気付いた。

ああ、PTA会長、去年もこの話をしたな、と。

一年前の僕はこの言葉を聞いて、「やっぱり、高校生活、青春したい」と思った。しかし、ずるずると、無抵抗に、何もできない日々を送っている。

僕はこの一年、そこそこ勉強をし、生徒会活動をし、「体質」に対処していただけだ。おかげで良い成績をキープでき、生徒会役員として組織を学べ、まあまあ平穏な日々を手に入れた。――でも、どれもが僕の思う青春ではない。

PTA会長が、自身の高校時代の思い出を語り始めた。汚い川で泳いで腹を下したとか、軽い気持ちで山に入ったら迷って大変だったとか、手紙で告白したら振られたとか、そういう話だ。同じ話を再度聞かされて思う。

――青春せねば。

どこか義務のようにそう思った。女子と甘酸《あまず》っぱい恋愛をしたり、親友と馬鹿なことをしたり、部活に熱を入れて取り組んだり――何かを、全力でしたい。そう思うのは、やはり現状に不満を持っているからだろう。

PTA会長の話が終わる。司会である教頭先生が、「生徒会長の挨拶《あいさつ》」と口にする。

その後の不自然な静けさで意識が現実に引き戻された。

「あ、会長。次、生徒会長の挨拶ですよ。呼ばれました」

隣の生徒会長に声をかける。

「とと、本当だ。ぼうっとしてた」

彼女はてへへ、と照れたように笑い、演説台へと歩く。途中で軽く躓《つまず》く。どうにも心配になる生徒会長だった。

しかし、挨拶をする表情は、真剣そのものだった。いつもの抜けている感じはなく、力強さを感じる。僕はついその横顔に見惚れてしまった。僕は会長を尊敬している。彼女のように、周りを動かせる人になれたらな、と思う。

会長は話を終え、一礼してステージの袖に戻ってくる。

「どうだった？」

「会長らしい挨拶でした」

「ちょっとー、それどういう意味よー」

会長が笑う。僕は笑い返し、それを答えとした。会長への拍手が徐々に鳴りやむ。

次は新入生代表の挨拶である。新入生代表は、入試で一位を獲得した生徒がなる。司会の教頭が新入生代表の名を読み上げた。

「新入生代表、早伊原樹里《さいばらじゆり》」

はい、と一本通るような澄んだ声が体育館内に響く。気持ちの良い声だ。

へえ、早伊原、か。あれ、早伊原って……もしかして、もしかするのだろうか。

樹里という名前は、男子か女子か区別がつきにくいが、声を聞く限り、女子だった。

案の定、女子生徒がすくっと立ち上がり、直角めいた進路を取り、壇に上がる。

思わず視線が固定された。疑念すら浮かぶような、完成された容姿だった。

色白で肩にかかるくらいの短髪。顎《あご》のラインや首筋など、全体的に線が細いが、切れ長で吊《つ》り目だからか、快活な印象を与える。薄《うっす》らと笑みを浮かべており、新入生代表という堅苦しい肩書を相殺《そうさい》し、会場の雰囲気をあたためた。

挨拶が始まる。彼女の声は、本当に心地よく鼓膜を揺らす。緊張を全く感じさせない。はきはきと淀《よど》みなく喋《しゃべ》った。

「――以上を新入生代表の挨拶とさせていただきます。早伊原樹里」

ぺこりと正面に頭を下げ、来賓の方を向き、また頭を下げる。顔を上げた瞬間、僕と目が合った。彼女は首を傾《かし》げて微笑《ほほえ》む。

僕は反応できなかった。

未《いま》だにその容姿に、疑問に近い何かを持っていたからだ。ここまで完璧《かんぺき》な容姿があるのだろうか、と、まるで人工物じみたそれの粗をさがすように眺めていたのだった。

「春一くん。これ」

僕が彼女に釘付《くぎづ》けになっていると、会長が僕に花束を差し出してきた。ピンクが基調の模様が描かれている薄紙。その上に透明なフィルムで包まれている花束だった。脇《わき》の長机の上に置いてあるのを、会長が持ってきてくれたらしかった。

「……あ、ありがとうございます」

我に返る。花束は、予想以上にずっしりと重かった。

「この花束、なんかこう、でかいですね」

「祝い物だからね。どーんと量があった方が迫力あるでしょ」

そういうものなのだろうか。花束は逆ドーム状に包まれてふわりとしており、確かにお洒落《しゃれ》な感じではあるが、見るからに重量感を感じさせた。

「これでいいのよ」

花屋の娘がそう言うのだから違いない。センスがないのは僕の方のようだ。

「あ、会長」

「何？」

僕は気になっていたことを聞こうと思ったが、教頭先生の「花束の贈呈」という言葉が聞こえてきたので、「やっぱり後でいいです」と言い、ライトの下へ出た。

ライトに照らされると、やっぱり緊張する。そもそも僕は、こういった人前に出ることに慣れていない。しかし、花束を渡すだけである。普段、あまり生徒会に貢献できない分、任された仕事くらいきっちりこなしたい。

彼女の前に立つ。彼女は僕の目をじっと見つめて、にっこり笑った。

――。

瞬間、心臓が高鳴り、顔が熱くなるのを感じた。それを、花束を見ることで気分を逸らした。

僕は花の種類に関して詳しくないので、白、黄、ピンクの花々が差さっていて、お尻《しり》からは茎が飛び出している、というようなことしか分からない。気も逸れなかった。仕方がないので素早く手渡すことにした。

タイミングを見計らい、すっと、彼女に花束を差し出す。なんだかプロポーズのようで恥ずかしかった。そしてそんなことを思う自分がさらに恥ずかしく、数回逡巡《しゅんじゅん》し、目が回った。

あれこれ考えている間に、彼女は花束を受け取ったようで、僕に小声で「ありがとうございます」と囁《ささや》いた。拍手喝采《かっさい》の中、僕は足早にステージの袖へ戻る。

「おつかれ！　でも、だめじゃない。持っていくとき、花束が逆向きだったよ。皆に花側が向くように持たなきゃ」

そういえばそんな風に言われていた。緊張して、ミスしてしまった。花束の形状が逆ドーム状であるし、壇の高さもある。花束は新入生側から全く見えなかったと思う。良い写真も撮れなかっただろう。

「すみません……」

「次から気を付けてね！」

会長がおどけたように笑い、背中を二度優しく叩《たた》いた。次、花束を渡す機会はいつだろう。

こういう気遣いが本当にうまい人だと思う。僕はこれにより、ミスを後に引きずることなく、次の仕事へと移れる。リラックスできた。

――しかし。

「こんな素敵な花束を、ありがとうございます！」

プログラムにない言葉が聞こえてくる。早伊原樹里が花束に対してのお礼を、マイクを通して述べたのだ。まあ、ありえないことではない。

「…………は？」

しかし、僕の口からは、単音が発せられる。

目を疑った。

早伊原樹里は、花束を掲げるようにしていた。

その花束が、
全《すべ》て真っ赤な薔薇の花束になっていたのである。

「あれ、えっ、……え？」

僕が渡した花束は、白、黄、ピンクの花で構成された花束だったはずだ。真っ赤な薔薇って……そんなの、まるで、プロポーズじゃないか。いや、待て。プロポーズ云々《うんぬん》という妄想はした、確かにした。だけど、それが何だっていうんだ。それで花束が替わるか？

舞台の袖に、早伊原樹里が薔薇の花束を抱えてやってくる。ここを通り、花束を一時的に預け、そして自分の席へと戻って行く段取りである。

呆然《ぼうぜん》自失していると、早伊原樹里が僕を再び見た。そして、ずんずんと僕に近づいてくる。

「先輩♪　これから、よろしくお願いしますね」

下から茎が飛び出た花束を重そうに左手に抱え、右手を差し出してくる。浮かべられた笑顔は、やはりとびきり美しかったが、何故《なぜ》か裏に黒いものを感じた。

「あ、ああ……」

何故僕に？　これからよろしく？　そりゃあこの高校の生徒になるのだから、これからよろしく、というのは見当違いの挨拶ではないけれど、それでも不自然だった。

状況がよく飲み込めないが、差し出された手には反応してしまう。手をにぎると、ぬるっとした。

「……」

僕は彼女の瞳を見て、そして花束を見て、数秒沈黙した。やがて結論に辿《たど》り着き、これからの行動を考えた。

回想終了。そして先生に呼び出され、「何故花束を勝手に取り替えたのか」と怒られ、教室に戻り、今に至る。舞台袖には生徒会役員しかいなかったため、先生は誰も気が付かなかったのだ。

「やっぱり、何か変じゃね？　薔薇って」

しつこく浅田が尋ねてくる。

「んなこと言われてもな。僕、用意されてた花束を渡しただけだし」

皆、花束が途中で、しかも壇上で替わったということに気付いていないようだった。僕が持っている時、観衆側に茎を向けていたからということもあると思うが、何しろ、赤薔薇の印象が強いからだろう。

「よくそんな花束を用意したな、学校」

僕は曖昧《あいまい》に返事をする。先生に怒られた時も、そして今も、花束が替わったという話はできなかった。先生に言ったとしても、「またか」と思われてしまうし、浅田に言うと、全力で謎《なぞ》を解明してくれそうだったからだ。

僕の身の回りでは、ミステリのようなことがよく起きる。僕には、そういう「体質」

があると、浅田には説明してある。始まりは、高校に入学して一週間後。僕の机に、見知らぬ財布が入っていた。それはクラスメイトの物で、中身が全て抜かれていた。反論するも、犯人は僕ということになった。

「矢斗《やと》春一は陰湿な奴《やつ》だ」というのは、皆の共通認識になっている。だから怪しい何かがあると、僕がまた何かをしでかしたということになるのだ。僕を信じてくれているのは、このクラスでは浅田くらいだ。

僕は、それから何度も不思議に直面している。それに対処するスキルも身に着いた。身近で不思議なことが起きたら、まずは知らないふり。次に誰にもバレないように処理する。

今回は、僕が最初から薔薇の花束を渡したということにしておけば問題はない。そうすれば、ことは大きくならない。

こんなことばかりしているから、青春が遠ざかるのであった。

「……？」

突如として、クラスの前の扉付近がうるさくなる。人だかりができていた。僕らは後ろの窓側の席で喋っていたので何が起きているかは見えなかった。

なんだろう……？　僕と浅田は顔を見合わせ、首を傾げあった。

「──春一──」

前の扉に集結しているクラスメイトから、僕の名前が飛び出した。振り返り、訝《いぶか》しむように僕をちらちらと見る。僕に何か用なのか？　あぁ、会長が訪ねて来たのかな。

そう思い、席を立った瞬間だった。

「先輩！」

集団を割って入ってきたのは、胸に『祝入学』と花を付けた新入生、早伊原樹里だった。

「早伊原、さん……？」

まっすぐに僕の元へやってくる。浅田が空気を読んで若干僕から離れた。扉付近にいた男子達の視線が刺さる。女子も、ざわついていた。

「何？　どうしたの……？」

にこにこと笑顔を浮かべ、僕の顔を見つめている彼女を前にして、僕は戸惑いを隠せなかった。彼女が、一体僕に何の用があるのだろうか？　嫌な予感しかしなかった。おそらく、動物的な本能だと思う。

彼女が一歩、ずん、と僕に近づき、距離を縮めた。

「えっ……何？」

僕が咄嗟《とっさ》の判断で一歩下がる。彼女は僕を掴《つか》もうとしたらしく、腕が空を泳いだ。しかし、めげることなく再び一歩踏み出す。僕が下がる、彼女が踏み出す、下がる、踏み出す。終始、早伊原は変わらぬ笑顔であった。それが不安を加速させる。客観的に見て滑稽《こっけい》な図を何度か繰り返したあげくに、僕はついに腕を摑まれた。

「もう、逃げないでくださいよう、先輩」

「ちょ、ちょっと、何だよ、やめろよ……」

僕の右腕をぐん、と引き、自分の体に寄せた。僕はよろめき、気付くと彼女と体が密着していた。カップルが腕を組む、あの格好である。僕は離れようとするが――、

「いぃ……っ！」

「先輩、入学式の時は、熱烈な告白、ありがとうございます！　私、真っ赤な薔薇に胸を打たれて……心が逸《はや》って逸って、教室まで押しかけて来ちゃいました♪　先輩の告白、お受けします。今日から、お付き合いですね」

こてん、と僕の方向へ首を預けた。僕はつま先から強烈な寒気が上ってくるのを感じ、身を凍らせることしかできない。

クラス中、騒然である。クラスの男子達は「はあ?」「何?　どゆこと?」「春一が?」「何があった?」と、状況を飲み込めず、女子は一部がきゃあきゃあと黄色い声をあげ、大多数は目が点になっていた。浅田は「はっは、おめでとう」と笑い、手を叩いていた。

何というか、こういう状況は、一般的に見ればおいしい状況であった。僕も、何度妄

想したか分からない。しかし、違う、違うのだ。

僕は、彼女の意味不明な告白の直前、声にならない悲鳴をあげている。

僕は今、足を踏まれ、逃げようとするたびに踵《かかと》でぐりん、と踏み込まれる仕打ちを受けているのであった。女性の体重といえども、これはたまったものじゃない。正直、涙が滲《にじ》む。何が何だか分からない。ただ分かるのは、早伊原樹里は、僕が思っていたような純粋な子ではないということだけだった。

「せーんぱい♪　あっちで一緒にお昼しましょ。私、先輩のこと、もっと知りたいです」

僕は、されるがままに手を引かれ教室から連れ去られる。一声を発する隙もない。注目されながら廊下を抜け、そのまま生徒会準備室に連れ込まれた。

2

ガチャン、と鍵《かぎ》を閉められ、密室になる。

生徒会準備室には、見渡す限りの鉢植えがあった。白、黄色、ピンクの花。そして、赤薔薇。他にも種々揃《そろ》っているようで、窓際《まどぎわ》を中心に置かれていた。僕の知っている生徒会準備室はこんなふうではなかった。黒土の湿ったにおいが鼻をついた。

「これ、早伊原がやったの？」

「ええ、大切な花たちです」

彼女は愛《め》でるように一つの花びらを撫《な》でた。

ここでようやく、僕は自分がどれだけ理不尽な状況にあるかを理解してきた。

「ねえ、足めちゃくちゃ痛いんだけど。……何、どういうこと？」

早伊原は長机に腰かける。張り付けた笑顔は継続している。

「ごめんなさい。先輩の足の上に蚊がとまっていたんです」

言い訳することを放棄したことが伝わってきて、僕は彼女への態度を決めた。

「んなわけあるかよ。四月だ、せめてハエにしろよ」

「じゃあ、ハエにしましょう」

彼女は飄々《ひょうひょう》としていた。僕はショックを受けた。さっき入学式で目が合ってドキドキしていた彼女がこれである。少しだけ怒りに似た感情が湧《わ》き出てきた。そんな時、彼女が脈絡のない質問をぶつけてくる。

「先輩の好きなタイプは？」

「はい……？　何だよ急に」

「いいから。先輩の好きなタイプは、どんな人ですか？」

「君じゃない女性なら誰でも、だな」

真面目《まじめ》に応対する理由がどこにあるのだろうか。僕はにやりとして彼女に言うが、どこ吹く風だった。

「うわ、先輩チャラい！　『若草高校の雑食ハングリー矢斗』の名は伊達《だて》じゃないですね！」

「やめろ、僕にそんな通り名はない。そもそも雑食ってなんだよ、両刀使いかよ」

「えっ⁉　違うんですか……？」

「なんでちょっとショック受けた反応なんだよ、悪かったな、ちげーよ……」

僕に何を期待しているんだ。

好きなタイプ、そう言われて頭に思い浮かぶのは、会長含め、何人かいた。しかし、別にラブではない。ライクだ。

「ともかく、先輩、私のこと、好きになったりしませんか？」

相変わらず質問の意図は読めなかったが、僕は「ならない」と即答した。なってたまるか。

「本当に？　先輩、実はメンクイとかではないですか？　私、可愛いけど大丈夫ですか？」

何なんだよ、さっきから。

「大丈夫、好きにならない。……あ、ところでこれは全然関係ない話なんだけど、自分のことを可愛いっていう人は総じてブサイクらしいよ」

「じゃあ私は例外なんですねぇ……。可愛くて明るくて性格良くて頭が良いと非の打ちどころがないのに、希少価値まで追加とか、跳満ですよ。六千オールです」

「ツモってんじゃねえよ。僕があげた付加価値だろうが」

「じゃあ先輩から一万八千点です」

「オッケー。飛んだわ。というわけで教室に戻る」

正直、麻雀《マージャン》のことは詳しくない。ボロが出そうだったので、何故か始まった麻雀話と共に彼女との会話も打ち切る。そもそも話の着地点が見えない。これ以上中身のない会話を続けるつもりはない。

僕が教室から出ようとすると、ガツン、と扉が突っかかる。そういえば彼女、鍵を閉めていたな。僕が解錠しようとすると、彼女が口を開いた。

「先輩、私のことを好きにならないと言うなら、私と付き合ってもらえませんか？」

背後から聞こえた言葉に不自然さを感じ、行動が停止した。

「……好きにならないなら、って、どういうことだ？」

「まあ、細かいことは気にしないでください。付き合いましょうよ」

「嫌だ」

薄らと見下すような笑みを浮かべている。どう見ても、付き合ってくださいというような態度ではなかった。

「いいじゃないですか。私も先輩のこと、別に好きじゃないですし、好きじゃない同士！　気が合います」

もはや何を言っているのかよく分からなかった。

「合わねえよ。合ったとしても、磁極がだろ。めっちゃ斥力働いてるっつーの」

僕がジェスチャーを交えて語っても、やはり彼女はその余裕の表情を崩さなかった。

「ごちゃごちゃ言ってると、嫌われちゃいますよ？」

「正解だよ。嫌われようとしてんだよ。……今度こそ教室に戻るから」

じゃあ、と僕が軽く手をあげてその場を去ろうとすると、腕を掴まれた。どうしても僕をここから出したくないらしい。彼女が再び脈絡のないことを口にする。

「先輩先輩。……人の噂《うわさ》も？」

「七十五日。……それが何だよ」

僕が振り返ると、彼女は乗り出すように僕の顔を見ていた。ぎょっとする。笑顔が逆光により陰り、適当な具合に恐怖演出になっていた。

「でも、先輩。七十五日で噂が消えるわけ、ないですよね。そう思いません？」

「……何が」

「ニュースで報じられる事件なら、忘れ去られるかもしれません。どこどこの誰々が、いついつに殺された。そんな報道が毎日のようにあります。当事者や遺族はずっと覚えているかもしれませんが、関係ない人は一ヵ月もすれば忘れます」

早伊原が続ける。

「でも、噂というのは、身近で起こったことです。関係あることなんです。そういう類《たぐい》のものは、ずっと語られ続ける。自分と、関係がなくなるまで、ずっと。そういうものです。だから、『人の噂も卒業するまでずっと』もしくは『人の噂も一生』というわけですね」

その話には、説得力があった。

僕のこの「体質」のことも、そうやって、噂が消えずに残ったものである。一年経《た》っても、僕の立ち位置は何も変わらない。

しかし、今に限っては、彼女はそういうことを言おうとしたわけではなかった。

「さっき教室にいた方達は、私達が付き合ったと思うでしょう。あれから何分経ちました？　五分は堅いですね。となると、『冴《さ》えない男が、新入生代表で美人な後輩を捕まえた』なんてキャッチーな噂は巡り巡っているでしょう」

「冴えない男とか言うなよ……」

自分でもちょっと気にしているのに。

「別にそんなの、これから戻って、僕が否定すればそれで済むだけの話だろ」

「本当に？　それで、噂が消えますか？　どうでしょうねぇ……？」

いちいち口ぶりがいらいらする。僕が眉《まゆ》をひそめると、彼女は口端を歪《ゆが》めて続けた。

「なんせ、用意された祝いの花ではなく、わざわざ薔薇をプレゼントしてくれるのを、全校生徒が目撃してますからね。私が『付き合っている』と言い続ければ、それは付き合っていることになるんですよ。いくら春一先輩が否定したところで、噂は絶えないでしょうね」

それに関して思索してみる。僕が噂を否定するとして、友人二、三人に言って、そこから広めていくしかない。僕はスクールカースト上位に顔がきかないので、そこに影響を与えることはできないだろう。一方、早伊原はどうだ。

見るからにカースト上位だ。人の心を自分の思うがままに転がしている。人間関係を構築するのが上手《うま》いタイプだ。そうなると、噂の感染力は、もはや桁違《けたちが》いだ。

それに、彼女が言うように、僕が赤薔薇をプレゼントしたという事実が先にある。僕に勝ち目はなかった。

「僕と付き合っているという噂を流して、君にどんな得がある」

「さあ？　それより、気にならないんですか？　私がどうやって花束を一瞬で赤薔薇にしたのか」

「……すごく気になるー、超気になるー」

彼女が聞いて欲しそうだったので、素直に反応してみた。彼女の笑顔が引き攣《つ》った。

こんな表情もできるのか。しかし引き攣ったのは一瞬で、すぐに黒い笑みに戻った。

「棒読みありがとうございます。……余計な心配かもしれませんが、先輩、私と付き合っているという噂が消えないとまずいのではないですか？」

脅しているのか？　確かに、早伊原と付き合っているという噂が出回るとだいぶまずいことになる。しかし、そのことを彼女が知っているはずはない。

そもそも、好きでもないのに付き合うとか、偽装恋人関係とか、僕はそういう歪んだものが大嫌いだ。僕は、真《ま》っ直《す》ぐな青春をしたい。ミステリなど、歪んだものは、嫌悪《けんお》している。

「先輩。『新入生にソッコー手を出した』なんて会長に知れたら、ちょっと困りますよね？」

「…………」

彼女は、僕が会長のことを好きだと勘違いしているようだった。しかし、早伊原と付き合っているという噂が出回るのが困ることに違いはなかったので、勘違いを訂正しなかった。

噂が出回り始めているのは、確かに、彼女の言う通りだ。消すにも、彼女の協力が不可欠。その通り。

一瞬で作戦を構築した。

「……僕って、実は、究極の変態なんだ。三度の飯より変態妄想。そんな人間だ」

「そんな噂立ってないですよ。それに、私、別に究極の変態の彼女でもいいですが」

僕は軽く舌打ちをした。この後輩のことだ。素直に頼んでも、撤回してくれることはないだろう。僕を彼氏にしたくない人物に設定することで難を逃れようとしたが失敗した。

次の作戦に移る。

「ごめん。実は……前の彼女に未練があるんだ」

「前の彼女……？」

僕は準備室の窓から、空を仰いだ。眩《まぶ》しそうに目を細める。

「交通事故で、死んじゃったけどな……」

何とも言えない空気が一瞬流れた。

「先輩にそんな彼女はいません。というか、先輩、彼女いない歴イコール年齢じゃないですか」

あっさりとバレた。無理もないが、万が一本当だという可能性を考えて、普通は突っ込んでこない事柄じゃないだろうか。……まあ、早伊原は、人のトラウマにも土足で踏み込んできそうな性格をしているけれど。というか、なぜ僕に今まで彼女がいないことを知っているんだろう。

「何が望みだよ」

僕が降参したように言うと、彼女は表情をほころばせた。

「私と、青春しましょう」

「青春……？」

僕の疑問符を放っておき、彼女は続ける。

「私と付き合っているという噂を消して欲しかったら、花束の花を、一瞬で全て薔薇にした方法を――、あの場で何が起きたのかを、当ててみてください。答えるチャンスは一度だけ。期限は今日の下校時間、つまり四時半までです」

3

四時半とは、それはまた急な話である。

午後は、部活紹介の時間だ。在校生が、新入生に向けて所属している部活について紹介する。というわけで、部活に所属している者は現在体育館で、それ以外の者は帰宅しているのであった。残っているのは、僕と――何となく残り、駄弁《だべ》っている生徒くらいである。

「お前は最近、どうなの、凜々子《りりこ》ちゃんと」

「えー？　言わなきゃだめか？」

「おま、この流れだぞ。言うに決まってんじゃん」

「まあ、あれだ。凜々子ちゃんとは、別れた」

場がどっと沸く。どうやら、恋バナをしているらしかった。なんという青春。

「…………」

気まずい。教室の後方では、クラス内ランク第二位の大槻《おおつき》達がいた。一方僕はぽつりと窓側の前方、自分の席に座り、文庫本を開いている。もちろん、ページは全く進んでいなかった。考え事をするために戻ってきたというのに、しばらくしたら彼らが入ってきたのである。どうしてだ。僕がいるんだから出て行けよ。空気読むの得意じゃないのか？

僕は教室から出て行くのも何だか空気を壊しそうで、文庫本を開き、「そっちとは関わらないですよ」アピールをしつつ、彼らの話に耳を傾けていた。本当は早伊原のことを考えなくてはいけないのだが、この状況では無理だ。

耳を塞《ふさ》げばまだマシかもしれないと思い、僕がイヤフォンを取り出した時だった。

「矢斗、早伊原さんがどこにいるか知らないか？」

大槻が声をかけてきた。文庫本が目に入らないのだろうか。僕は読書に集中している振りをしてその場を切り抜けようとも思ったが、大槻はガラが悪いので、機嫌を損ねないように普通に反応することにした。

「知らないよ」

「は？　お前、さっき早伊原さんに手引かれてたじゃん」

「そうだね」

「知ってんだろ？」

最初から彼が喧嘩《けんか》腰《ごし》なのは、僕のスクールカーストが低いからだろう。見下されているのだから、こんなものである。もう慣れた。

僕は文庫本を閉じて、彼らを見る。大槻はショートヘアをワックスで固めていた。今朝はそうでもなかったが、何か気合いを入れるような出来事があったのだろうか。

大槻はいわゆるイケメンであった。チョイワルっぽい顔つきで、性格も容姿にふさわしい。一部の女子に人気がある。そして彼、勉強もそこそこできるやつなのである。そのギャップもいいのだろうか。きっと、そうなのだろう。だからこそ大槻は、クラス内ランク第二位なのだ。

「知らないって」

本当は知っていた。彼女は僕の解答を、生徒会準備室で待っている。しかし、早伊原に、あの場所のことは誰にも言うなと口止めされていた。

「はあ？　何隠してんの？　お前」

彼が迫ってくる。大槻の仲間の顔が、無表情になっていく。大槻がキレる兆候が見えたからだろう。僕は四時半まであとどれくらい時間があるか気になり、時計を見た。三時だった。彼に少しなら絡《から》まれても大丈夫だろうか。進んで絡まれたいやつなどいるわけもないが。

「いやー、勘弁。マジで知らんって」

僕が苦笑いする。それが癪《しゃく》に障《さわ》ったらしかった。

「ざけんなよ。……つーかお前、入学式に何してんの。薔薇の花束とか、……きもいわ」

普段から女子をとっかえひっかえしている君が言うのか、と思ったが、思うだけにしておいた。

「何？　どうしたよ、大槻。何でキレてんの？　落ち着けよ」

「は？　キレてねーよ。早伊原さんの居場所聞いてるだけじゃん」

「だから、知らないって。一緒にお昼した後、すぐ解散したから。普通に部活紹介に行ったんじゃないの？」

「適当言うなよ。いなかったっつーの。教室にもいない」

「じゃあ、帰ったんじゃない？　僕は早伊原の居場所とか、知らんよ」

「何呼び捨てにしてんの？　仲良しアピールかよ」

そこで僕はようやく悟った。彼は、早伊原に近づきたいのだ。彼女がいるのに、節操がない。

「何だよその目。……やっぱお前、喧嘩売ってんだろ」

僕の感情が、一瞬視線に出たらしい。もしかしたら、薄ら笑みを浮かべてしまったかもしれない。彼が明らかに敵対した顔で、僕に近づいてくる。冷や汗が出た。

「あれ、春一。まだ学校にいたんだ」

その時、教室の扉が開き、黄色いバンドTシャツを着た浅田が現れた。大槻が表情を曇らせる。浅田は学年で一番女子にモテる。クラス内ランクはよく分からないが、僕と仲良くさえしていなかったら、明らかに大槻より上だろう。

「いやー、ギター教室置きっぱなしで、あっぶねー」

浅田が自分の席の横に立てかけてあるギターを背負う。

「暇してんなら春一も部活紹介見ようぜ」

彼が純粋な笑顔を浮かべて僕の腕を引く。

「大槻たちもどう？」

「あー……俺は、いいや。帰る」

大槻が萎縮《いしゅく》して答える。仲間たちも次々と誘いを断った。浅田は断られても笑顔で、「そっか、じゃあな」と手を振った。僕は本日二度目、教室から連行された。そのまま非常階段の方から一階へと下った。そこで、彼は振り返り、苦笑いして言う。

「大丈夫かよ、春一」

「大丈夫、助かった。ありがとう」

「ん。あいつら、今朝、入学式の前に、早伊原さんに声かけて、綺麗《きれい》に流されたらしくてね。嫉妬《しっと》してんだよ。……まあ、あいつら、そういうの好きで、一生懸命じゃん？そんなに悪いやつでもないんだよ、勘弁してやってくれ」

「……ああ」

浅田はこういうやつなのだ。彼がいるだけで争いがなくなる。調停官みたいなやつだった。ギターが上手く、軽音楽部で活動し、バンドを組んでいる。体育館で行われる定期的な演奏会では、浅田目当ての女子でいっぱいになる。彼は、男子からも女子からも人気がある。優しいやつなのだ。だから、僕とも仲良くしてくれる。

彼は、それじゃあ、と言って体育館の方へ走って行く。途中で待っていたバンドメンバーと合流する。彼は、僕には向けない種類の顔で話をしていた。

「…………」

そういうものだろう。分かっている。

彼は「味方」だが、「同類」ではない。彼の青春は、バンドにある。彼が今している表情は、青春の表情だ。青春には必ず「同類」が必要だ。同じ方向の熱意を持ち、近い能力を持ち、気が合う、そんな同士。親友と言ってもいいだろう。

だから、浅田は親友ではない。残念ながら、僕ではなれない。ちゃんと分かっている。浅田がいけないとか、僕が悪いとか、そういう話ではない。どうしようもなく、仕方のないことなのだ。

僕は体育館へ消える浅田の背中を見送ってから、考え事をしようと、中庭へ足を向ける。

中庭は、僕が好きな場所だった。園芸部が整えた春色の花が咲き乱れる花壇に、新緑の芝。中央には小さいが、桜の木が象徴的に一本植えられていた。端の花壇の裏には、教室棟を背にした、木製のベンチがある。中庭は、そこだけ空間が切りぬかれたように少しファンタジーめいていた。いつもはカップルのたまり場になっているが、今日この時間に限ってはいないようだった。

代わりに、生徒会長がいた。

「あれ、矢斗くん」

会長は、ホースを片手に中庭にある花壇の世話をしていた。ここは園芸部が作った花壇であり、会長はその部長である。

「花、ちゃんと入学式に合わせて咲きましたね」

「でしょ。パンジーが一番綺麗に咲いたよー。なめくじも、こっちにはつかなかったみたい」

会長が得意気な顔をする。僕は同意して微笑み返した。しゃがんで、パンジーを覗《のぞ》き込む。僕が最初に会長に教えてもらった花だった。

会長の家は、有名な花屋さんである。『隣の町の花屋さん』という名前のほんわかした花屋であり、県内に二十二店舗出店している。噂ではとても豪勢な家に住んでいるとか、年商は億を超えているとか言われている。花屋というのは、うまくいけば非常に儲《もう》かる商売らしい。

「そういえば、何か妹が世話かけたみたいだね。花束のこと」

「え？　ああ、やっぱり早伊原樹里って、先輩の妹だったんですね」

会長の妹が入学してくるという話は聞いていたが、新入生代表だとは知らなかった。入学式の時に聞こうと思っていたのだが、タイミングを逃してしまっていた。

「そうだよ、優秀な妹でねー、お姉ちゃん、恥ずかしくなっちゃうよ」

「いやいや、先輩の方が五億倍いいです」

会長は、「またまたぁ」と笑う。会長は、噂を気にせず、それどころか、僕の「体質」のことを理解してくれる数少ない人の一人である。気さくで、素敵な人だ。だからこそ、妹が早伊原樹里だとは、ちょっと信じられない。

「あいつ、すごいやつですね」

「あちゃー。樹里カッコ裏、見ちゃった？」

会長は、早伊原がどんなことを仕掛けたかまでは知らないようだった。

「もう最初から飛ばしてましたよ」

会長から返事は来ず、しばらく無言が続いた。一陣の風が通り過ぎ、桜の花びらが紙ふぶきのように目の前を覆《おお》った。

春は、僕の好きな季節だ。そこには儚《はかな》さと切なさがあり、そして何より、落ち着きがない。忙《せわ》しない変化の、青春の季節だ。

「花束が替わったこと、本当に先生に言わなくていいの？」

会長がホースをまとめながら背中越しに尋ねる。

会長は僕に花束を渡した人物である。花束が赤薔薇になったことに気付いていた。だけど、そのことに関しては会長には何も言わないで欲しいとお願いしてあった。

「先生に怒られちゃったでしょ？」

「ちょっと注意されただけですよ。こっちの方が面倒がなくていいです」

「もう」

会長は唇を尖《とが》らせる。「そういうところあるよね」と言うが、しかしそれ以上は言ってこなかった。

「樹里が仕掛けたんでしょ？　あの子、昔から変なことするの大好きだったけど……まあ、良かったら、付き合ってあげてね」

「……どうしてですか？」

「あの子、友達もすごく多くて、勉強もできて、容姿も良くて、運動も抜群で、何でもこなしちゃうような子なんだけど……たまに、寂しそうな顔するから」

「………………」

寂しそうな顔。上手く想像できなかった。何度早伊原を想像しても、あのいやらしい笑みを張りつけた表情だった。

「趣味もミステリ小説って何か地味だったし……、樹里も高校生だし、青春、してくれるといいんだけど」

青春――。「私と、青春しましょう」、そう彼女は言った。

「会長。今回の贈呈した花束って、会長のお店で作られたものですよね？」

「？　そうだけど」

一応の確認をした。

「ちなみに会長は、どうやって花束が替わったかって分かってます？」

「いやいや全然。私はこういうの苦手で。昔から樹里にこの手の問題は出されてるけど一回も解けたことないんだよ」

てへへ、と彼女は頭をかく。

「別にどんな推理でもいいですよ。何か考えてみてください」

会長はしばらく唸《うな》って考える。

「んー……私もよく見てなかったし、気付いたらそうなってたし……本当に一瞬で、だったよね……しかも皆違和感を覚えてないんだから誰にも気付かれてない……となると」

「となると……？」

「分っかんない！」

「……ですか」

会長が「あー、落胆したー」と僕を指さす。僕は「そんなことないですよ」と胸の前で手を振って否定する。

会長に礼を言ってから携帯で時間を確認すると、四時半までまだ時間があったので、会長を手伝うことにした。会長は虫が苦手なのだ。僕は以前からなめくじ取りをさせられることがあった。手伝いは慣れている。

手伝いをしながら、僕は早伊原樹里の情報や、会長が僕のことを早伊原樹里にどう話したかなどを聞いた。十分情報収集を終えた頃、会長は花の話を始めた。

花のことは、僕にはよく分からないし、興味もあまりなかった。それを向こうも分かっているので、あまり詳しい話はしてこない。会長が園芸部員と話す時は、もっと生き生きとした表情をする。そして、遠慮することなく園芸の話に身を投じるのだ。

その表情は、さっきの浅田のものとよく似ていた。

青春の表情だ。

青春するためには「同類」が必要なのだ。僕がこの一年、青春できなかったのは、部活に入らなかったから、好きな人がいなかったから、好きになってくれる人がいなかったから、親友がいなかったから、そして、「同類」がいなかったからだ。

僕は手伝いを終え、早伊原の元を訪れることにした。

4

生徒会準備室を訪ねると、早伊原樹里は本を読んでいた。僕が現れると、僕へと視線を移す。

「四時ですか。そして時計を見た。まだあと三十分ありますね。解答しに来たんですか？」

「ああ、そうだ」

僕は彼女の正面のパイプ椅子《いす》を引き、座る。

「分かったんですか？　どうやって私が一瞬で薔薇にしたのか」

僕がにやりとして頷《うなず》くと、彼女は本を閉じた。背表紙を見ると、どうやらミステリのようだった。僕はそのタイトルを見るだけでもうんざりする。

「自信のほどは？」

「ばっちりだ」

そう言うと、彼女が口端を上げた。わずかだったが、僕はそれを見逃さなかった。自分の推理が確信に変わる。

「さあ、先輩の推理を聞かせてください」

まずは、状況の確認。

今朝、職員室に行くと花束があった。会長の指示でステージの袖まで僕が運んだ。そして机の上に置いておいたのだ。出番の直前、会長から花束を受け取った。会長が机の上から僕の元まで持ってきてくれたのだろう。そして早伊原に渡す直前、僕は花を見た。白、黄色、ピンク、そういう色だった。それを渡し、彼女に背を向けて舞台の袖に戻る。彼女が花束に対するお礼を言う声が聞こえ、その声に振り返ると、薔薇になっていた。細かい描写は省いたが、あらましはこの通りである。

――注目の的になっているのに、誰にも気付かれずに花束を替える。

つまり、一瞬で、彼女は僕が渡した花束をどこかに葬《ほうむ》り去り、そしてどこかから薔薇の花束を取り出した。そう考えるのが自然だろう。

それがどこか――。一番怪しいのは演説台の足元の空間であるが、しかし、この推理には無理がある。

まず、早伊原が挨拶をするまでに、来賓、PTA会長と、あの場で演説をしたのだ。

その時に、足元にあったら気付くはずだ、というのが一点。

加えて演説台の足元にあったのなら、花束を交換するために屈《かが》む動作が必要となる。それは新入生の多くに不自然な行為として目撃されてしまうだろう、というのがもう一点。

以上から、演説台の足元の空間に薔薇の花束を仕込んで、僕が贈呈したものと交換した、という線はなくなる。

「……それで?」

彼女は若干不機嫌そうに言った。

問題は単純に体積だ。薔薇の花束というかさばる体積のものを、体に仕込むことは不可能だ。そうなると、方法は一つしかない。

「だからな、結論。――演説台の中に薔薇の花を両面テープで貼《は》っておいた。これしかない」

あらかじめ花の部分だけを茎から切り取り、両面テープで演説台の中の空間、その上側に貼っておく。花束をもらったらそれをはがし、花束の上から張り付ける。演説台の中の上側なら立ったままでも手が届き、手の先だけの小さな動きだけで可能だ。そもそも腰から下は演説台とステージの高さによって生徒側からは見えない。屈んで覗き込まない限り分からないので来賓も気付かない。

「僕が舞台袖まで戻るまでの間に、手際よくやれば花束の表面を埋め尽くすことができるだろう」

これなら、薔薇の花束という体積の問題をクリアしている。

僕がそう言うと、彼女は視線を落とす。じっと、何かを考えているようだった。

「……僕の推理は以上だ」

後は答え合わせを待つだけである。

しかし、彼女は一向に視線を上げようとしない。僕の答えが予想外だと言わんばかりに、行動を停止させる。ぼうっと目の前の鉢植えを見つめ続けていた。呼吸すらしていないようにぴたっと止まっている。

「早伊原？　早くしてくれよ」

僕が急《せ》かすと、我に返ったのか、僕と目を合わせた。そして、何かに気付いたように目を見開く。

「――なるほど」

彼女は黒く微笑んだ。

「私の推理も聞いてください」

「……？　何言ってるんだ？　君が仕掛けてきたトリックだろ。推理っていうか答え合わせじゃないか」

　彼女は、壇上で僕を見つめた時のように、首を傾げて笑顔を作った。

「いえいえ、そうではなく――。先輩が、なんでこんな推理をしたかという、推理です」

「何言ってるか分からん。やっぱり入試一位は僕とは頭の作りが違うんだな」

　膝《ひざ》がぴくりと跳ねた。焦《あせ》りが出た。返答が早すぎたかもしれない。

「私は、謎を解かないと噂は消さない、と言いました。私は、先輩が躍起になって謎を解くと、そう思っていましたが――、先輩は、『どうしてそんなことをさせようとするのだろう』と考えた。相手の小手先ではなく、根本を明らかにし、覆《くつがえ》そうとした。はめようとした」

「……何だそれ」

「そうですね。多分、先輩は、私が恋愛にさして興味がないこと、それを鬱陶《うっとう》しがっていることに気付いた。だからこそ、お互いに恋心がないことを前提に、偽装恋人関係を結ぼうとしてきた――そう先輩は考えた」

「…………」

　彼女は言った。「私のことを好きにならないと言うなら、私と付き合ってもらえませんか?」と。彼女の容姿は目を引く。きっと、今まで男性に声を掛けられ続けてきたのだろう。今回も、大槻に声をかけられている。これから入学する学校の先輩で、しかもイケメンだ。普通に会話をするくらいしても良いのに、彼女はそれを軽くあしらった。

　会長にも確認を取った。早伊原樹里は、恋愛を鬱陶しがっている。

「だから、それがどうして、僕が『演説台の中に薔薇の花を仕込んでいた』って推理したことに繋《つな》がるんだよ。そもそも、それが正しいとして、だから何だ――」

「でも」

　彼女は、問答無用に僕の言葉を遮って続ける。

「それだけではまだ腑《ふ》に落ちない。どうして謎を解かせようとするのか？　それが分からないでしょう」

　彼女が笑みを深めて僕の瞳を見つめる。僕はこめかみを搔《か》き、目を逸らした。

「姉から聞いたのでしょう。先輩は、私がミステリ好きであることを知った。……もしかしたら、先輩が過去に巻き込まれた事件の話を姉から私が聞いた時、私がとても興奮した様子だったと――そこまで聞いたのかもしれません」

「……………違うって」

「どうして偽装恋人関係なんて結ぼうとしてくるのか。それを先輩は――」

　彼女は言い淀むことなくつらつらと推理を述べていく。

「単なる一緒にいるための口実で、目的は先輩が巻き込まれるミステリを推理すること

――、そこまで辿り着いたんです」

彼女はミステリが好きだ。会長からそう聞いた。それだったら、ミステリに巻き込まれる僕の「体質」は魅力的に映ったかもしれない。彼女は、推理がしたいんだ。それなら、一緒にいるのが手っ取り早い。恋人としてそばにいれば、僕がミステリに巻き込まれたらすぐに推理を始められると、そう考えたのだろう。

「分かった、いいよ。仮にその通りだとしよう」

しかし、まだだ。

「君が恋愛を煩《わずら》わしく思っていて、かつ、推理をしたいと考えていたとする。――まさに僕との偽装恋人関係というのは、恋愛の煩わしさから解放され、僕の巻き込まれるミステリを推理できる方法だ。一石二鳥だな。両方の要求を満たした答えになる」

「でしょう？」

「でも、だから何だっていうんだ。それは、僕が、演説台の中から花を取り出したっていう推理を披露した理由には全然繋がってこない」

早伊原を睨《にら》み付けるが、彼女はおかしそうに声をあげて笑った。

「先輩は、かわいい人ですね」

そう言って、彼女は机をこつこつと叩いた。

「まだお話は途中なんです」

……そうか。彼女は、辿り着いているのか。僕は半ば諦《あきら》めて黙った。

「推理は、一人でしても楽しいですが、二人ですると楽しさ倍増です。新しい視点、価値観が次々と生み出され、ヒントとなり、私の知的好奇心を満たしてくれます。最高です。……だから、私、言いましたよね？　先輩も思い出したはずです」

「……何を」

「『私と、青春しましょう』」

僕はできるだけ平静を保つも、まぶたが少し動いてしまった。彼女は、その微《かす》かな僕の動揺を決して見逃さなかった。

「青春は、一人では絶対にできないです。つまり、私はミステリを一緒に解ける仲間を探しているということになります。その仲間は、勉強が出来るだけじゃダメです。ミステリに必要な洞察力、観察力、推理力——それを私と同等に持っていないと、一緒に推理する仲間としてふさわしくないんです。面白くない。青春できない。そして結論――、『トリックを解かせているのはそのための試験だ』と先輩は気付いたわけです」

彼女はどうだ、と言いたげに僕を見るが、無視した。

「つまり、これは罠《わな》だ、と気付いた。正しく解答すると、噂を消すどころか、一緒にいる仲間としてふさわしいと認定され、偽装恋人関係を続けさせられるだろう――。男の鬱陶しさから逃れるため、ミステリを思い切り楽しむため、そのベストな形を作ろうとしている。それは困ると思った春一先輩は、あえてハズレの推理を披露した」

「考えすぎだ」

僕は彼女の推理を一蹴《いっしゅう》する。

「僕の推理が外れていたのなら、ただ僕の知能が及ばなかっただけだ。……そもそも君の推理には根拠がない」

早伊原は僕の言葉を意に介すこともなく、言った。

「先輩は、一つ間違っています」

「……何を」

「姉さんに、私と付き合っていると言われるのは困るんですよね？　先輩が正解しない限り噂を消しません。……特別に、チャンスをもう一回あげます」

「……」

僕は沈黙した。せざるを得なかった。思考時間が必要だったからだ。

彼女がさっき展開した推理は、当たっていた。彼女は、青春するために「同類」を探していた。普通の人にはあの謎は解けない。二人に確認した。だからこそ、僕はこれを解いてはいけない。僕は彼女の目的を推理し、それを踏まえてあえて間違った推理をしてみせた。自分を無能と見せるために。

彼女は、約束を守るだろうか。平気で破りそうだ……。だからこそ間違った推理をしたのだ。

でも、こう言われたら——、信じるしかない。僕に道はない。

「……分かったよ」

テープで演説台の内側に貼っておいたというのは無理だ。体育館に新入生がやって来る前も、来た後も、僕は生徒会の役員としてずっとあの場にいたから、演説台の中に薔薇の花を仕込む隙なんてないのだ。

「本当の推理を聞かせる」

僕がぼそりとそう言うと、彼女はぱあっと表情を輝かせた。

「はい、ぜひ！」

そもそも、トリックは単純なものだ。彼女の動機を突き止める方が頭を使った。僕は手短に話すことにした。

「違和感は、主に三つ。花束が重かったこと。花束の逆ドーム状の形状。君と握手をした時に手がぬるっとしたこと」

それから導き出される結論。トリック。答えは——。

「あらかじめ、僕が渡した花束には薔薇が下がって仕込まれていた。下から飛び出していた茎は全て薔薇。飛び出していた茎を押し上げたことで、下になっていた薔薇が一斉に姿を現したんだ」

逆ドーム状になっていたのは、薔薇の花束が仕込まれ、膨らんでいたからだ。

「……先輩。それは観察力不足ですよ。舞台袖で先輩に挨拶に行った時だって、ちゃんと花束の下から茎、出ていたでしょう？　押し込んだのなら、あの茎は何の茎なんですか」

「薔薇は外側に仕込まれていた。それを押し込んだ勢いにより、中心にあった元の花束が下に落ちる。その茎だ」

早伊原は「へえ」と薄くもらし、目を細めた。

「……贈呈した花束は、『隣の町の花屋さん』、つまり君の店で注文した花束だ。花束は早朝に作る。君はできあがった花束に、家でゆっくり細工したんだ」

この方法なら、一瞬で花束を薔薇にすることができる。それこそ、まばたきする程のスピードで。花束が重かったのは、薔薇が仕込まれていたから。握手した時に手がぬるっとしたのは、茎を押し込んだときに茎の水滴がついたからだ。

「へえ……」

僕の推理を、早伊原は、顔を伏せて聞いていた。表情がうかがえない。そのまま尋ねて来る。

「……先輩は、その推理、いつ思い付いたんですか？」

「……君と握手した直後に気付いた」

がたん、と急に立ち上がる。

「先輩は、本当に最高ですね！　予想以上です！　まさかこっちの目的をさぐりに来て逆に罠にかけようとするとは思っていませんでした！」

どうやら興奮しているようだ。瞳を輝かせ、しきりに腕を振っている。

「いや、そんなことより、ちゃんと噂を消し、誤解は解いてくれるんだろうな？」

「ええ、もちろん。姉にだけ、誤解を解けばいいんですよね？」

「え？」

会長、だけ……？

「いや、全員に対して、噂を消して欲しいんだけど」

「それじゃあ先輩と一緒に推理を楽しめないじゃないですか。それに、先輩と一緒にいれば、私がそのミステリを体験できるかもしれませんし！」

「……おい、話が違うぞ」

「約束は守ってますよ？　私がいつ、全員に対して噂を消し誤解を解くと言いました？」

確かに彼女は言っていなかった。たとえ言っていたとしても、言っていないと言い張られたらどうしようもない。要するに、彼女は最初からこうするつもりだったのだ。このしたり顔を見れば全てが分かる。

くそ、完全にやられた――と、そう、うまくはいかない。

何かのトラブルがあった時のことも、一応は考えてきた。説得しても駄目だったら、プランBに変更しよう。

「早伊原、落ち着け。……僕と付き合っていると皆に思われるんだぞ？　いいのか？」

「？　別に、全然構いませんが」

「お前はまだ知らないかもしれないが、この学校には結構なイケメンがいる。そいつらと恋愛関係になる可能性をゼロにするってことなんだぞ？　引き返すなら今だ」

「だから、恋愛に興味はないんですよ」

確かに会長から雑談でそう聞いている。しかし、いくら何でも恋愛に関心が全くないということはないだろう。少しはあるはずだ。

「青春を、捨てるのか……？」

恋愛に興味がないというのは、僕にとって、それと同義だった。

「先輩、青春って、何だと思いますか？」

彼女が真剣な眼差《まなざ》しで聞いてくる。僕は数秒考えた。

「恋愛、とか……友情、とか……」

それらはとても尊いものに思える。きっと、今の時間にしか学べない、これからの人生にずっと関わってくる最重要案件なのだ。

「クソみたいな青春ですね」

その最重要案件を、ばっさり切り捨てられた。

「否定はしません。そういうことに青春を感じる人がいるのは、それでいいと思います。青春模様は、人それぞれなんです。つまり、青春とは『自分の興味が向くままに、何にも縛られずに行動すること』なんですよ。それが、ある人には胸を焦《こ》がす恋愛であり、血が滾《たぎ》る友情なのでしょう」

でも、私にとってはそうじゃない、と彼女は言った。

「私は、恋愛にも部活にも友情にも夢にも全く興味がありません」

その言葉が、僕には信じられなかった。それらの言葉は、僕らの年頃なら誰もが憧《あこが》れ心を躍らせるものばかりだったからだ。

「……夕暮れの教室にも、朝日が昇る砂浜にも？」

「興味がありません」

つまらなそうに彼女は即答した。

「勉強もスポーツも友人関係すらも、少しの悩みも与えてくれませんでした。なぜなら、それらは全て私にとって、目の前にあってただ消化すればよい、こなすものだったからです。でも、こなした後、惨《みじ》めになるんです。私の本命は何なのか。私が本当に興味を持っているものは何なのか」

　彼女は優秀なのだろう。それこそとんでもなく。僕はそこそこ勉強ができる方だ。しかし、とてもこなしてなんかいない。どんな勉強法が効率が良いか、どんなノートの取り方が頭に入りやすいか、そういうことを研究している。それに、恋人ができないことに悩んだり、友人に劣等感を抱いたりしている。なにより、僕の「体質」にも――、思い悩む。その全てが、今の僕の人生のメインテーマだからだ。

　それらが全て、自分が思うがままだったら、それはどんな光景だろう。想像する。もしかしたら、全クリしたゲームを、ステータス値を引き継いで最初からやらされているようなものなのかもしれない。それはひどく退屈で、苦痛を伴うだろうと容易に想像できた。

「……私は、読書が好きなんです。小学校の頃はＳＦにはまりました。……でも、本の中のことは、本の中のことなんです」

　彼女の気持ちは想像できた。僕も高校になった辺りから、ゲームが昔ほど面白く感じられなくなった。「これをやって、何になるんだ」とどこかで思ってしまうからだろう。フィクションの切なさが、そこにはある。

「それから、私はミステリにはまりました。なんたって、現実に起きる可能性があるからです。世界のどこかでこういう事件が起きているのかな、と思うと、うっとりするほどでした」

「……そうか」

「でも、ミステリすらも、現実では起こらない。世の中の犯人達は、動機が先に立ち、知能的犯罪を行わない。まあそもそも、本当に頭が良かったら、犯罪なんて犯さないいんですけどね。だから、当然なんですが」

彼女は自嘲《じちょう》気味な笑みを浮かべた。

「私の青春は、ずっと本の中にしかない。そう思っていました。しかし――、ある日、姉さんから『身近にミステリを巻き起こす人がいる』と聞きました。矢斗春一先輩のことです。銅像消失事件、百万円事件、三年二組満点事件――どれもが私にとっては夢のような事件でした」

彼女の言う事は理解できた。それは、夢が現実になるような感覚だっただろう。

「ふざけるな。これはそんな良いものじゃない。当事者じゃないからそんなことが言えるんだ」

この「体質」は下手をすれば僕の人生の汚点となる危険を孕《はら》んでいる。僕がこれでどれだけ苦労したか彼女は知らない。

「でも、私の青春は、先輩にしかないんです。だから恋人関係を偽装してください」

彼女の声音には、懇願の色が含まれていた。目を潤《うる》ませ、かつ、決意した力強い双眸《そうぼう》で僕を見つめる。これは彼女の本心なのだろうか。それとも演技か。

ともかく彼女は、青春をしようとしている。そして、僕も青春しようとしている。しかし、目指す場所は違う。僕らは、「同類」じゃない。僕は、捻《ひね》くれたものとは決別した。これからは、思ったことを伝えるべき時に伝えられるような人間になろうと、そう決めたのだ。もう二度と、捻くれたことが高尚だなんて思わない。解決した時の達成感にのまれない。――そう、決意したんだ。

「自分勝手だな……。嫌だよ。僕にとっての青春は、間違ってもミステリなんかじゃない。恋愛や、友情だ」

「……でも、先輩に拒否権はないですよ？」

彼女なりに僕を説得したようだったが、無理な話だった。結局はこうなる。僕が油断していたがために、彼女の方が上の立場なのだった。しかし、それに対して何も対策をしていないはずがない。

「それが、あるんだな」

「え？」

僕は鞄《かばん》から一つの虫かごを取り出した。中には――なめくじ。

「ちょ、え、ええ……？　先輩……？」

なめくじを見て、彼女は動揺しているようだった。会長の手伝いの時に、一匹捕まえて来たのだった。虫かごは理科準備室から拝借した。僕は割り箸《ばし》でなめくじを摘《つま》み、花の上にかざした。

彼女は、花を大切だと言っていた。花屋の娘ということもあり、花が好きなのだろう。生徒会準備室を占拠して自分の好きな花を育てるくらいに。しかしそれは同時に僕に弱点を晒《さら》したことになる。花にとって、なめくじは害虫だ。

「さあ、なめくじはいくらでも連れてこれるぞ。花を全部枯らさせたくなかったら素直に僕の要求に――」

僕のセリフは最後まで発せられることはなかった。なぜなら、耳をつんざく絶叫が教室内に響いたからだ。

その後、悲鳴によりかけつけた教師により、僕は詰問《きつもん》された。早伊原は部屋の隅で頽《くずお》れたように泣くふりをするだけである。心なしか、服をはだけさせているようにも見えた。ちらちらと僕の方を見てくる。要するに『助けて欲しかったらこっちの要求をのめ』ということであった。僕が彼女の目を懇願するように見つめると、その場は、なめくじが出て驚いた、というだけで収拾がついた。

こうして、早伊原による僕の好感度は一気に最底辺にまで落ちつつ、彼女の要求をのむ形で、いくつかの約束をさせられて僕らの関係が始まったのである。

これは、直感だった。

いつか、彼女は、僕の秘密を、「体質」の正体を、暴《あば》くのではないか——。そんなありえない不安が、頭を掠《かす》めた。

閑話　早伊原との日常1

僕が彼女の要求をのんだことで、提示された約束の一つに、『月水金曜日の放課後、必ず生徒会準備室を訪れること』というのがあった。僕は約束の曜日に、生徒会の仕事を終え、うるさい教室でたっぷり読書してから、下校時刻の三分前に生徒会準備室を訪れた。約束の条件は守っている。「先輩みたいな人って将来後ろから刺されるタイプですよ」と不機嫌そうに言われた。そしてこの約束は『月水金曜日の放課後、生徒会の仕事がある日はそれが終わったら五分以内に、それ以外の日は放課後になってから五分以内に生徒会準備室を訪れること』となった。まるで法律の条文のようである。

しかしどうしたことか、せっかく約束を守って生徒会準備室を訪れたのに、彼女はいなかった。今日は晩御飯の買い出しがあるし、帰ってしまおうかと思ったが、後になって彼女が訪れ、ネチネチ言われるのは嫌だったし、何しろ――彼女に一言言っておきたいことがあったので留まることにした。

入り口から向かって左が僕の席である。陽が斜めになってきてまぶしい。カーテンを閉めると、「花が可哀想《かわいそう》です」と怒られるので、閉められなかった。読書がまるで進まない。僕は本を閉じ、窓から外の空を見上げた。空が薄く染まっており絵にしたい風景だった。

ノスタルジックな気分で空を見つめていると、早伊原がやってきた。

「先輩、前々からおかしい人だと思っていましたが、ついに妖精さんが見えるようになったんですね。えっと、精神科病院は、119でいいんでしたっけ」

「ふざけんな。どこをどう見たらそう見えるんだよ」

「ああ、宇宙人と交信の方でしたか。……本当ごめんなさい、すいません、許してください」

「なんでそんな謝るんだよ、やめろよ、その軽蔑《けいべつ》する視線。なめくじ投げんぞ」

「そんなことしたら、先輩の電話番号、住所、家族構成、親のクレジットカードの番号をネットに流しますよ」

これは冗談に聞こえない。彼女ならやりかねない。

挨拶代りの言い合いを済ますと、彼女は自分の席に着く。

「さて、先輩。何かミステリありましたか？」

約束の一つに、『ミステリが発生したら必ず報告すること』というものがある。正直、言わなくても分からないとは思う。しかし、僕は今日、これを言うために来たのだ。

「ああ、実は今日、僕のロッカーの蓋《ふた》が接着剤でくっつけられていたんだ。開けるのにとても苦労した。ミステリアスな事件だろ？」

浅田に協力して開けてもらった。お湯をつけて溶かしたり、間に定規を挟んでみたり、様々な工夫がこらされた。その末でようやく開き、浅田に何回もお礼を言った。

彼女はしれっとした顔で口を開く。

「そうなんですか。それはすごいですね。ミステリと言えば、私にもありまして、鞄になめくじを模倣したおもちゃが二十匹も入っていたんですよ。犯人を見つけてヤクザに売りたいです。……あ、先輩。今日帰りに寄り道したいんですが、付き合ってくださいね。大丈夫、安心してください。寄り道先は、早伊原家と昔からお付き合いのある家ですから。古風で立派なお家です。刀とかあるんですよ」

彼女が笑顔を深めて言う。彼女の笑顔は、もはや笑顔としての役割を果たしていない。見る度に、ぞっとするからだ。

「待て待て、落ち着こう、な？　その……なめくじを受けての接着剤だったんだろうが、あれは洒落にならない」

「なめくじのおもちゃだって洒落にならないですよ！　教室で醜態を晒しました！」

彼女が喚《わめ》く。若干、涙目になっているような気がした。

「でも、虫が苦手アピールできて、男子からの株が上がって過ごしやすくなりました。

今日も掃除、男子がやってくれたんです」

「じゃあいいじゃねーかよ。僕なんて、パントマイムみたいになってたんだからな」

彼女は、知らないですよ、と唇を尖らせる。

「そもそも鞄になめくじの前に、君が僕の携帯いじって変な着信音にしたのがいけないだろ」

しかも彼女、授業中に電話をかけてきやがった。数学の授業中、大音量でプリキュアのオープニングが流れた。しばらく僕のポケットから発せられたものと気付かなくて、クラスメイトと一緒に僕もくすくすと笑っていたが、やがて音源が僕だと気付き、冷や汗が止まらなくなった。

「待ってください。その前に、先輩が生徒会準備室に下校時刻三分前に来たのがいけないんです」

「いやいや、その前に、君が叫んで教師を呼んで、僕を犯罪者に仕立て上げようとしたのがいけないだろ」

「何言ってるんですか。そもそも私の要求に素直に従わない先輩がいけないんですよ」

「好きでもない相手と付き合わなくちゃいけないんだから、素直に従うわけがないだろ」

「私だって好きじゃないですよ。先輩も我慢してください」

「なんでだよ、僕はドMかよ」

「つまり、先輩がドMじゃないことが全ての事の始まりです。全部先輩のせいです」

どうしてそうなる。

下校時刻までこの話題が続き、一緒に帰りながらもずっとこの話をしたが、結論はでなかった。この関係は、しばらく続きそうである。

二章

四列離れた席から
カンニングする方法

I

『――それで、犯人がどうしても分からない。実は犯人なんかいなくて、殺人なんかなかったんじゃないか。誰もがそう思った時に、血痕《けっこん》を見つけるんですよ。ステージの板を剝《は》がして裏を見たら、べっとりとついていたんです』

電話口から、興奮して早口になった早伊原《さいばら》の声が響く。断片的に聞き流しながら耳を傾けた。

『結局――犯人は全員だったんです。その演劇を見ていた観客を含め、全員が協力者だったという、単純かつ大規模なトリックだったんですよ』

「……なるほど」

僕は、彼女が読了したばかりのミステリ小説の話を聞かされていた。冒頭から、ネタバレまでだ。未《ま》だぼんやりとした頭を回転させて口を開く。

「……で、早伊原。今何時だと思ってる？」

『午前三時ですが』

少しの気まずさもなく即答された。彼女にとって午前三時は常識的時間なのだろうか。

「その本の話がしたくて……こんな夜中に電話してきたのか？」

『ええ。喜びを共有したくて』

「僕がミステリ小説嫌い、そして明日、僕ら二年は休暇明けテストがあると知っていてのことか？」

『もちろんです♪』

「覚えてろよ」

そんなやり取りを、掲示板に貼《は》り出された休暇明けテスト結果を見ながら思い出す。

休暇明けテストとは、生徒が中だるみしないように、季節休み直後に行われるテストである。春休みも例外ではなく、休み明けに一年の総復習テストが行われた。

廊下の掲示板には普段、コラムや学内新聞などが貼られており、別段目を留めることもないのだが、テスト後は別だ。テストが終わり、十日ほどすると、各教科と総合、それぞれ上位二十名が貼り出されるのだった。そしてその日、全テストが返却される。

登校し、教室に入ろうとするところでそれを発見した。僕は、総合九位。他に目に付くのは、国語七位、数学六位、そして世界史一位だ。九十八点だった。二点の失点は、最後の記述説明問題のところだろう。自信がなかったところだ。

「……ん？」

世界史、僕は一位なのだが、僕より一つ上に名前があった。九十八点、同点一位として名を刻んでいたのは佐古田雅彦《さこたまさひこ》。音の関係で僕より上に名前がある。

違和感を覚えた。おかしい。今回の世界史のテストはそうとうに難しかった。

ここに総合一位の雨宮《あめみや》さんや、二位の菅野《すがの》くん。もしくは、——西宮龍之介《にしみやりゅうのすけ》の名がくるなら分かる。いや、正直に言えば、僕より上に名前が来るのは、西宮だけだと思っていた。しかし、佐古田雅彦。予想していない人物だった。

クラスの女子集団が順位表を見に来たので、僕はひとまず退散し、教室に入った。自然と佐古田雅彦に目がいく。彼は机に足を乗せて座りながら、友人達と携帯ゲーム機で遊んでいた。時折ゲーム用語が飛び交い、仲間たちと爆笑している。男にしては長い髪を、時おり邪魔そうに指で除《の》けている。

僕はそれを後目《しりめ》に席につく。鞄《かばん》を机に置いたところで、前の席からため息が聞こえた。

一瞬、僕が教室に入ってきたことに対してつかれたため息だと思い、ドキリとするが、前の席は西宮龍之介だった。彼は僕が来たことでため息をつくような人ではない。

彼の細い肩を叩《たた》いた。

「どうした、ため息なんかついて」

「ああ、矢斗《やと》くん、おはよう……」

力ない笑みを向けながら、覇気のない挨拶《あいさつ》を絞り出す。僕もおはよう、と返した。

「また女子に？」

彼は小柄な体躯《たいく》のため、女子にマスコット的に扱われることがある。さんざんいじくりまわされ、席に戻ってくるとこうやってため息をつくのであった。

「いいや、違うよ……。掲示板の、テスト結果見た？」

「ああ、見たけど」

「ぼく、二十位以内に入れなくて……これで、塾通い決定なんだ」

「……」

「矢斗くん……？」

彼の声掛けで我に返る。分からないことがあるとその場で思考に耽《ふけ》ってしまうのは、僕の悪い癖だった。後で考えよう。僕は動揺を隠して話を続ける。

「……塾か。親とそういう話になってたの？」

「うん。今回のテストで二十位以内に入れなかったら、塾に通うって、ね。……やっぱり、世界史が足引っ張ったよ。どうしても苦手でね……。いいな、矢斗くんは世界史ができて。一位、おめでとう」

「ありがと。……でも、偶然みたいなもんだよ」

褒められた時、僕はいまいちどんな反応をすれば良いのか分からないのであった。とりあえず、気になっていることを聞き、話題を変えることにした。

「そういえば、僕と同点一位だった……佐古田だけど、あいつってそんなに世界史得意だったっけ？」

西宮はしばらく顔を伏せて考えるようにしていた。

「……どうだろう」

「佐古田、他の教科の順位表には顔を出してないんだ。世界史だけ、しかも一位だ。すごいよな」

「確かに。でも、世界史は暗記科目だし、他の教科のできとは関係ない気がするよ。春休みに、世界史の総復習でもしたんじゃないかな？」

直後に、佐古田がいるゲーム集団から声が聞こえる。佐古田の友人が、「お前いつの間にそんなに強くなったんだよ」と声をかける。佐古田は得意げに「春休みにやりこんだ」と言っていた。

「……」

僕と西宮はなんとも言えない空気に包まれた。

佐古田がやっているのは、格闘ゲームのようだった。ゲームセンターで同じものを見たことがあるが、コンシューマー版が出ていたのか。知らなかった。

しばらく、沈黙が続いた。彼がテストの結果で悩んでいるのだったら、これ以上テストの話を続けるのも申し訳ないだろう。気晴らしにと別の話題を振ってテストのことを頭から追い出してやりたかったが、彼は漫画も小説も読まないし、ゲームもしない。親が大変厳しく、させてもらえないのだ。振る話題がない。このままフェードアウトして会話を終了させようかと思った矢先に、西宮が言う。

「なんだか、矢斗くんって順風満帆って感じだよね」

「……そう？」

「テストの結果もいいし、可愛《かわい》い彼女さんだって、できたでしょ？」

「ああ、……まあ」

言葉を濁すしかなかった。他から見たら、僕はそんな風に見えるのか。実際は、悩んでばかりだけど。主に早伊原樹里《じゆり》のことで。

「なんかちょっとショックかな……。こう言うと失礼かもしれないけど、ぼくと矢斗くんって、同じような立ち位置にいると思ってたから」

スクールカースト、クラス内ランク、一目置かれ度合、それを彼は『立ち位置』と表現した。僕も実際、西宮と僕はスクールカースト同位だと思っている。事実、僕には彼女はいない。スクールカーストも上がったわけじゃない。西宮の錯覚だ。しかしそんなことを言うわけにもいかないので、適当に、「んー、そうかな？」と返事をして、話を変えることにした。

「西宮は、好きな子とかいるのか？」

「いいや、いないよ。女子には、いじめられてばっかりだしね」

「いじめとは、少し違う気もするけど……」

「実際やられてみれば分かるよ……。女装させられる気分、分かる？　最悪だよ」

意外だった。内心、女子と関われてラッキー程度に思っているのかと思っていた。女子もそうだと思っているから西宮にしつこく構うのだ。本気で嫌がっていると知ったらもう関わってこないだろう。

「そうだったのか。去年の学祭でやらされてたけど、案外ノリノリでやってるのかと思ってた」

西宮は、冗談じゃないよ、と眉根《まゆね》をひそめた。去年僕らは学祭でコスプレ喫茶をやった。その時、西宮はメイド姿のコスプレをした——女子にさせられていたのだ。

「それなら、嫌って言えばよかったじゃないか」

「言っても、押し切られちゃうんだよ」

彼は、断っていても押されるとＹＥＳと言ってしまう性格なのだ。悪徳業者に契約させられそうな人種だと思った。

ゲーム集団が静かになる。どうやら朝のプレイタイムは終了のようだ。

「よう、にっしー」

ゲームをやめた佐古田が西宮に絡《から》みに来た。僕と西宮の会話は強制的に終了させられた。佐古田が西宮をヘッドロックするように肩を組む。西宮がどんな表情をしているかは、僕は後ろの席なので見えなかったが、容易に想像できた。

「ゲーセン行くわ、今日。にっしーも行くよな？　な？」

佐古田が長い髪を揺らしながら西宮の至近距離で威圧するように声をかける。彼は、「今日は……」「ちょっと……」などと最初は言っていたが、あれよあれよという間に、ゲーセンに行くことになっていた。僕は無表情にその様子をただ見ていた。

休み明けからテスト前まで、こうやって毎日ゲーセンに連れて行かれていた気がする。今回の成績不振だって、絶対に佐古田の影響だ。この世に対する憤《いきどお》りのような気持ちを覚えた。

西宮は、搾取《さくしゅ》されている。決して大袈裟《おおげさ》な表現ではないと思う。

「佐古田くん、世界史、良い点なんだってね……」

ゲーセンの話から話題を逸《そ》らせたいのか、西宮が遠慮気味に言った。それに、佐古田は興味なさげに答えた。

「あ？　あぁ……満点まで惜しかったわ」

さっきまでの威圧感がすうっと薄まる。彼の反応に、違和感を覚えた。

ふと、頭の中に浮かぶ。

まるで根拠のない考え。

――佐古田はカンニングをしたんじゃないだろうか。

僕はすぐにそれを否定し、忘れることにした。

西宮は引き続きゲーセンの話題を振られ続けていた。心底同情するが、僕は絶対に彼を助けない。二度と、自己満足の正義感で行動しないと決めているからだ。彼は、自分でどうにかすべきだ。

その決意は、思わず目を背けたくなる思いを照らしつつあった。顔が強張《こわば》る。軽く頭を振り、意図的に西宮と佐古田のことを追い払う。これからの授業のことを考えながら鞄を開け、中身を机の中に入れる。

さあ――今日も一日がんばろう。清々《すがすが》しい青春のために。

くしゃり、と机の中に妙な抵抗を感じた。何だろう。

直感的に、触れてはいけないもののように感じた。しかし、好奇心が勝った。

机の中に手を突っ込むと、紙きれのような感触があった。引っ張り出してみると、茶封筒だった。A４紙を三つ折りにして入れるような細い封筒だ。裏返して表を見ると、マジックペンでこう書かれていた。

『言われた通りに現金５万円を用意しました。これで秘密にしてください』

反射的に、机に勢いよく突っ込んだ。ミステリ発生だ。今の瞬間を、誰にも見られていないだろうな……。ミステリが発生したら、誰にもバレないように処理する。無関係だと装《よそお》う。僕の送るべき清々しい青春とは次元を異にしていると主張し、無視する。

それとなく周りを窺《うかが》い、僕に注視している人物がいないことを確認する。

一人だけいた。真後ろの席の、森兎紗《もりうさ》さんだ。目が合ったので、微笑《ほほえ》んでおく。にへ、と笑い返してくれた。森さんは特例だ。見られても放っておけばよい。

思考した。この心当たりのない五万円について。二十秒ほどで答えに辿《たど》り着いた。

2

放課後。生徒会の仕事は三十分ほどで終わった。会長に爽《さわ》やかな挨拶を告げて生徒会室から去る。気持ちと表情を切り替え、生徒会準備室を訪ねた。今日は火曜で、生徒会準備室に行く必要はなかったが、用事があった。ノックせずに開けると、植物の青臭さと黒土の湿ったにおいが体にまとわりついた。

早伊原樹里は、バリケードのように自分を花で囲い、椅子《いす》に座って装丁の豪華な本を読んでいた。なぜこんなに花を自分の近くに寄せているのだろう。彼女が顔を上げる。

「ああ、先輩。こんにちは」

「花に包まれて、棺桶《かんおけ》に入る予行演習してるのか？」

「いえ、これは先輩の体臭から私を守るためのフローラルなバリアです」

いつものように微笑んで応対された。僕は教室の鍵《かぎ》を閉める。鞄を置き、彼女の向かいに座った。

「初《しょ》っ端《ぱな》からテンション高いのな……。その本、面白いのか？」

「面白いですよ。今夜三時くらいに読み終わるので、電話で感想を言いますね」

「忠告サンキュー。今日は携帯の電源を切って寝ることにする」

「私からの愛のラブコールを受けないなんて……学年全員が泣いて欲しがるというのに」

「そんな腹が腹痛みたいな電話はいらない」

僕と早伊原は、僕が彼女の花になめくじを乗せようとしてから、戦いの日々を送っている。このように喋《しゃべ》る時は皮肉・嫌味全開だし、相手の嫌がることを嬉々《きき》として行う。早伊原がした、テスト前真夜中コールもその一環である。僕は仕返しに怪しいサイトに彼女のメアドを登録した。

早伊原は本に視線を戻す。切りの良いところまで読んでからでないと、彼女は読書を中断しない。僕はそれを待つことにした。

文字を追う彼女を一瞥《いちべつ》する。その様子を見て、水に光を透過させた影や、雪の結晶、舞い散る桜の花びらなどを想起した。しかし、彼女が例の笑みを浮かべると、途端に薔《ば》薇《ら》や、ブルートパーズのネックレスなどの印象になってしまうのだった。

携帯を取り出し、手癖でメールチェックを行う。着信一件。森兎紗さんからちょうどメールが来ていた。僕はさっそく返事を作る。

ふと、視界の隅から視線を感じた。僕は人より視界が広いらしく、誰かの視線を目の端に捕えることがよくあった。どうやら早伊原が、僕の鞄を気にしているようだった。

読書に集中して早く区切りをつけて欲しい。

「僕の鞄に恋してる？」

「え？　あ、いや、私が見てるのはいつも先輩だけですよ」

彼女の軽口が一瞬遅れたことにより、彼女の視線の意図に気付く。

「ああ……なめくじな」

僕がプロポーズ事件のあと、鞄に入れて持ってきたことがあった。それを恐れているのだろう。早伊原の体が跳ねた。

「も、持ってきてるんですか⁉」

「いや、持ってきてない。切り札として使うから頻繁には持ってこない」

彼女の慌《あわ》てる様子を見るのは好きだったが、また叫ばれて教師を呼ばれるのは勘弁願いたかったのでこれ以上いじめるのはやめにした。それに今日は、別のネタがある。

早伊原は、自分の周りを固めていた鉢植えを少し離した。なめくじを警戒していたのか。

「それで先輩、今日は何ですか？」

切りの良いところまで読んだのか、はたまた諦《あきら》めたのか。彼女は栞《しおり》を挟んで本を閉じる。ようやく本題に入れる。僕は彼女の目を見つめて言う。

「今日、一緒に焼肉に行かないか？」

「焼肉ですか。嫌ですね」

あっさり乗ってくると思ったが、きっぱり断られてしまった。

「焼肉という食べ物は、悪なんですよ。油がすごいし、服ににおいがつくし、そもそもそんなに食べられないのに食べ放題で二千五百円とか、高くないですか？　焼肉なんて、良いところが一つもないですよ」

「僕のおごりだ」

「焼肉って最高ですよね。楽しみです！」

言葉を失う掌返《てのひらがえ》しだった。早伊原の家は裕福だが、それは彼女の財布が潤《うるお》うことには直結しない。早伊原の財布事情は、僕とさして変わらないのであった。

目を輝かせる彼女を見て、僕は満足した。

「先輩、どうして急にそんなことを？」

「ああ、実はな——臨時収入があったんだ」

そう言って、僕は鞄から現金五万円が入った茶封筒を取り出す。今朝、机の中に忍ばされていたものだ。

「訳ありで五万円手に入った」

「すごいじゃないですか」

薄い反応だ。

「ああ、五万なんて金、手にしたのは初めてだ。ついテンションが上がって、昼に購買のパンを端から端まで買い占めてみたりした」

一瞬呆然《ぼうぜん》とした彼女だったが、すぐにいつもの薄い笑顔になった。

「そして少しずつ流通させることによって過度の競争状態を作り、高値で売りさばくんですね。きゃー！　先輩ってあくどーい！」

大袈裟な反応から余裕が滲《にじ》み出ている。

面白くない。もっと取り乱すと思ったのに。彼女のまぬけな顔を見るには、なめくじを使う他ないらしい。

「先輩は嘘《うそ》が下手くそです」

「君も意図がバレバレだ。……ほらよ」

五万円が入ったままの茶封筒を返す。購買の話は嘘だ。実際は、購買まで行くも、僕は今日財布を忘れており、何も買うことができなかった。昼飯抜きである。

この現金五万円は、早伊原が僕の机に忍ばせたものだ。

「分かってたんですか？」

「君が身の回りを花で囲っていたのは、僕のなめくじ攻撃を恐れていたためだ。今日は火曜。僕が訪れない日だ。でも、僕が教室に入った時にはもうその配置だった。つまり君は、僕がこの教室に来ることを予想していた」

彼女は、ふむ、と顎《あご》に手を乗せた。

「ミステリが発生した時に、ちゃんと君に報告するかどうか、試したかったんだろう？」

彼女は、僕が五万円の茶封筒なんてなかったかのように振る舞うか、もしくは「大変だ。僕の机の中に五万円が入った茶封筒が」と駆けこんでくるか、その二択で考えていたのだろう。

降参というように、彼女は微笑んだ。

「見透かされてしまったのでテストになりませんでした。……そのお金は、私のお年玉貯金です」

「そうか。それなら本当に五万円、使ってやればよかった」

万が一誰かの金だった時のことを考えて、僕は使えなかった。彼女の金だと分かっていたら、今日の昼、購買で使っていた。

「今日の用事はこれだけだ。帰る」

もうここには用はない。さっさと去ることにする。長居しても良いことなんて一つもない。席を立ち、教室の鍵を開けようとしたところで、早伊原が呟《つぶや》くように言った。

「先輩、逆です」

「……何が」

「してやったりと思っているかもしれませんが、してやったのは、こっちです」

「え……？」

早伊原が口元に愉悦を浮かべて、僕を追い詰めるように近づいて来た。

「最初から私は、先輩がここまで見越してくると思っていました。そうじゃないと、五万円なんてお金、預けられないです」

「……」

「忘れたんですか？　私は入学式の一件で、先輩の推理力を知ってるんです。つまり私は、単に悪戯《いたずら》をして、先輩をここに呼び出したんですよ。とあるお話を聞きたくて」

話って、何だ。彼女は、決定的なことを後から言う。まずは、疑念を植え付けるのだ。そして、僕の顔色を見る。それから、本題に入る。

「……もう帰る」

僕は背筋に這《は》い上るものを感じて、一秒でも早くこの教室から脱出せねばと思った。

しかし、遅かった。

「佐古田雅彦先輩のカンニング疑惑」

僕は思わず口を半開きにして彼女を見つめてしまった。なぜ彼女が知っている？　僕は確かに今朝、そんな疑念を持った。しかし否定し、忘れることにした。僕は、一時の疑念を、誰にも伝えてはいない。彼女が知っているのはおかしい。

「何のことだかさっぱり分からない」

しらばっくれるしかない。カンニング疑惑などという暗い話題は、僕の送るべき青春に似つかわしくないからだ。

早伊原が一歩僕に詰め寄る。口元は笑っているが、目は笑っていない。

「本当は？」

「本当に分からない」

「嘘ですか？」

「嘘じゃない」

「嘘ですよね？」

「……うん」

落ち着いた抑揚のない声音が一番恐ろしい。あえなく僕は本当のことを言わざるを得なくなった。ああ西宮、僕も君と一緒だ。搾取されている。佐古田と西宮の関係は、そのまま早伊原と僕の関係とに一致する。

彼女はにっこりと微笑み、「やっぱり」と言った。彼女が深く笑う時、大抵僕は不愉快になる。

「……それで、早伊原はどうして佐古田がカンニングしたと疑ったんだ」

こんな話は終わらせたかったが、僕が知らず知らずのうちに何らかのヒントを彼女に与えていたのだとしたら、今後気を付けるようにしたい。僕が訝《いぶか》しむと、彼女は説明を始めた。

「掲示板の順位表。あれは、前日の放課後に貼られるんですよ。私は昨日、本に夢中になってしまい、気付いたら下校時刻を過ぎていました。先生に見つかると怒られるので、見つからないように校内を隠密《おんみつ》行動していた時のことです」

生徒会準備室から下駄《げた》箱《ばこ》に行くには、職員室付近を通らなくてはいけない。耳をそばだてながら慎重にそこを歩いている時、先生の声が聞こえてきた。彼女はとっさに隠れた。声からして、世界史担当の馬場《ばば》先生と数学担当の大竹先生だった。

二人の会話の中で、以下のようなやり取りがあった。

「それにしても、馬場先生。一体佐古田にどんなことを言ったんです？　あいつ、俺の授業さっぱり聞かないんですよ。佐古田に世界史みたく、数学を勉強させたいんですけどね」

大竹先生は新任の男性教員だ。一方、馬場先生は勤めて何十年となるベテラン男性教師である。

「別に、何も言ってなんかいませんよ」

「え？　でも、確か世界史、佐古田が一位じゃなかったでしたっけ？」

「そうですが、特別に何かしたわけじゃないです。二年になるということで、春休みに世界史だけ勉強したんでしょう。とっつきやすい科目ですから」

「確かにそうかもしれませんが……でも、一位ですよね？　難しいので有名な馬場先生のテストで」

大竹先生が訝しむ声をあげた。

「菅野とか、矢斗とかを差し置いて一位ってことですよね？　あいつらだって勉強しているはずです。そんな急に、一位取れますかね？」

「いや、矢斗くんと同点一位でした」

「同点、ですか……」

二人はしばらく無言だった。沈黙は、馬場先生が破った。

「……私もこの二人に関しては、思うところがあります」

「思うところ、というのは……？」

「まあ、はっきりとは言えませんが、矢斗くんと佐古田くんの答案が、似てるんです」

驚いた大竹先生に向かって、馬場先生は「まだ分からない」と言った。生徒を疑いの目で見るのはよくないことだとも。馬場先生はおっとりとしており紳士的な先生なのである。

早伊原の話を聞き、僕は納得した。

「なるほど。それで早伊原は、佐古田のカンニング疑惑を知った、と」

「はい。その前からこの茶封筒の仕掛けは考えていたのですが、先輩に聞きたいこともできたので、良い機会だと思ってやりました。今朝、誰も来てない時間に先輩の教室に忍び込んだんです」

つまり、僕のミスで彼女にヒントを与えていたわけではない。今後の参考になるような話はない。僕の生活に彼女をこれ以上食いこませないために、カンニングについては否定するべきだ。彼女が僕に関われば関わるほど、青春は遠くなる。僕は適当さを演出するために、携帯でゲームをしながら言う。

「それで、そのカンニングがどうした。確かに、佐古田は僕の答案を見たかもしれない。でも、たまたま同じ点数になっただけかもしれない。君が聞きたいような話はない」

「カンニングは存在した、と高確率で言えるでしょう」

「どうしてだ……あっ、おい」

いつの間にか、早伊原が僕の鞄を漁《あさ》り、ホームルームで配られた答案用紙――世界史の答案用紙を見ていた。

「人の物、勝手に見るなよ……」

「いえ、鞄が落ちてたので、中身を見て誰のものかを確認していただけですよ」

張り付けた笑顔。地面に置いてあるものは、全て落し物扱いなのか。

「カンニングなんかなかったかもしれないだろ。決めつけるなよ」

僕が手をひらひらさせて問題を押しやろうとするが、彼女は解説を始める。

「この世界史のテスト、記号問題がほとんどです。最後に記述ですね。配点は、【記号問題・各四点】が十五問、六十点。【記号問題・各三点】が十問、三十点。記号問題合計で九十点。最後の【記述問題・十点】、合計百点」

答案用紙の大問の横には配点が書かれていた。

「だから何だよ。記号問題でも、選ぶ用語がすごく難しいんだよ。絶妙で、難解なんだ」

的外れな意見として難しさを主張してみたが、無視された。

「記号問題に部分点は存在しません。つまり、先輩の九十八点を取るためには、最後の記述問題で、微妙に間違えなくちゃなりません。……佐古田先輩もここを微妙に間違えたことになります。別の個所を間違えてたまたま同じ点数ならまだ分かりますが、同じ問題、しかも記述。これで同じ点数だけ減点。二人の答案は、――瓜《うり》二《ふた》つだったはずです。カンニングの疑い、濃厚です」

「濃厚と言えば、濃厚バニラアイスが食べたいね」

「じゃあ帰りにおごってください。ともかく、カンニングは存在したとして、推理を進めていきましょう」

関係ない話題を挿入して一言で流されてしまう。僕はため息をついた。

「……オーケー、分かった。僕はカンニングをしていない。つまり、佐古田が僕の答案用紙をカンニングしたとする。――でも、反論がある。どうせ、そこまで知ってるんだろ？」

早伊原を流し目で見る。それに呼応して彼女は微笑んだ。僕がようやく乗り気になったことが、嬉《うれ》しいのかもしれない。

早伊原は僕の教室に侵入した際、おそらく教卓に貼り付けられている名簿を見ただろう。

「ええ。テストを受ける時、先生が採点しやすいように、座席を学籍番号順に座り直すらしいですね。五十音順で座らせると、佐古田先輩は廊下から二列目、後ろから三番目

――」

「一方僕は、窓から一列目、後ろから二番目だ。要するに、僕と佐古田の間には四列もの隔たりがある。カンニングは不可能だ。カンニングなんてなかったんだよ」

そうとしか思えない。カンニングなんてなかったんだよ」

できない。早伊原が不機嫌そうに唇をとがらせる。

「じゃあ、勉強はからっきしだった佐古田先輩がいきなり、世界史だけ、たまたま先輩と同じ個所を間違い同点一位になったと？」

「そうだ。カンニングがあったとする方が、無理がある」

「いや、あったんですよ、カンニング。四列隔てた先から先輩の答案用紙を覗き込む方法――謎《なぞ》ですね。だからこそ、これはミステリです」

僕はげんなりした。

「君ねえ……ミステリにしたいだけなんじゃないの？　現実は、そんなにうまくできてないよ」

ポジティブな要素だけを抽出して思考している。彼女の場合、先に、カンニングがあった、ということを事実としてから推理を始めているのだ。

彼女の言いたいことも分かる。しかし正直なところ、僕は、四対六の割合で佐古田のカンニングはなかったと思っている。

早伊原が身を乗り出して、笑顔を深くして言う。

「普通ならそうかもしれませんが、今は、ミステリを引き寄せる『体質』の春一先輩がいることですし。期待してます♪」

「……」

彼女の強引な推理は、僕に帰結するらしい。少しだけ、きょとんとしてしまった。今まで、この「体質」を期待したことなど、一度もないからだ。

それとも、彼女は、僕の「体質」の仕掛けに気付いてるのか……？　いや、そんなわけはない。忘れよう。

「とりあえず、――」

今日はもう帰るよ。そう言おうとした。しかし、放送によって、僕の声はかき消されることになった。

スピーカーから、馬場先生のしわがれた声が響いた。

『二年三組、矢斗春一くん、佐古田雅彦くん、残っていましたら、至急職員室まで来てください。繰り返します――』

3

職員室につくと、既に佐古田雅彦は来ていた。片足に体重を乗せた立ち方をして、長いもみあげを親指と人差し指でつまんで伸ばしている。たたずまいから、不機嫌そうだと分かった。僕は彼の右隣に立ち、先生に、遅くなってすみません、と声をかけた。

「あー、えっと、ちょっと話があるんだけど」

馬場先生が、事務椅子を回し僕らを見上げる。先生には、紳士、というイメージがあったが、至近距離で見ると、いつもとは違う迫力があった。深くたたまれた皺《しわ》は歴戦の称号のように見えるし、分厚いレンズの眼鏡は真実だけに焦点を合わせているように感じる。自分の肩が強張ったのを感じた。

「……はい」

「今日返却したテストのことなんだけど、世界史のね」

そう言い、先生は机の上にある二枚の印刷物を僕らに見せる。それらは、僕と佐古田の世界史の答案用紙のコピーだった。

そういえば、前に、クラスの男子が、返却されたテストのペケを一部書き直し、採点ミスとして持って行ったことがあった。彼の悪事はバレ、世界史のテストが零点扱いになった。馬場先生がどうやってその事実を突き止めたのか分からなかったが、返却する前のテストのコピーを全て取っているということなのだろう。

答案用紙を見せられると、佐古田の口端がぴくりと反応した。

授業中のおっとりとした先生の姿はなかった。先生が声音を抑え、僕らの目を交互に覗き込む。

「ちょっと、見てね、これ。……似てると思わない？」

僕と佐古田の解答はただ一点、最後の記述問題を除いて完全一致していた。

最後の記述問題。【唐で行われた均田制は、何を支給し、代わりに何を課したか説明せよ。】

僕の解答は、【唐の所有する口分田を支給し、代わりに兵役などを課した。】

佐古田の解答は、【とうの所有するくぶんでんを支給した。へいえきを課した。】

確かに似ている。いや、似すぎている。これではカンニングを疑わない方がおかしい。

佐古田がぶっきらぼうに反応した。

「……それで、先生、何すか？」

挑発的な態度だった。ここに来てからずっとイラだっている様子だ。それはつまり――焦《あせ》っているということだろう。僕の中でとある可能性が浮かんだ。しかし、この場では推理を始められなかった。

なぜなら馬場先生が、佐古田の言葉には反応せず、ただひたすら僕の瞳《ひとみ》を見つめ続けていたからだ。覗くように、囲むように、刺すように。

疑いの、視線。何度向けられても慣れない。背筋がスーッと冷たくなり、頭が空っぽになる。

鼻頭に汗が浮かぶ。目元の血流が悪くなり、眼球が重く感じる。目の奥がちりちりと痛んだ。僕は目を逸らす。しかし、先生の視線はじっとりと絡んで僕を放しはしなかった。

なぜだ。僕の世界史の成績は日頃から良い。僕には「陰湿」という噂《うわさ》こそあるものの、この状況なら、佐古田を疑うだろう。どうして僕を見る。見つめる。そんな目で。

あの、似てるって言われても、知らないです。

脳内で声を発している。しかし、現実には音として出ない。強烈なプレッシャーが僕を凍りつかせる。眼鏡の奥の、細い黒目がじりじりと僕の中の何かを削っていく。

違います。知らないです。そんなこと言われても困ります。

どれも声として出ない。呼吸までもが重くなる。肺が潰《つぶ》される。

何かが一線を越え、プツン、と切れた。

「僕は、……」

自然と僕は、それを口に出そうとしていた。言ってしまえば終わると思った――。

「カンニ――」

「先生、俺、この後用事あるんすけど」

佐古田の割り込みにより、ふっと体が軽くなる。馬場先生の視線が僕から外れたからだろう。血が勢いよく体中を駆け巡り、青くなった顔に生気が戻る。危なかった。僕は何を考えているんだ。言おうとした言葉を改めて見つめ直すと、掌に汗が滲んだ。これを言ったとしても、誰も救われない。

「……そうか。……そうだね。変なことを言って悪かった。忘れてくれ」

馬場先生は優しく微笑んだ。それは、いつも教卓で見る紳士の笑顔そのものだった。

しかし、今は、早伊原系統の笑みにしか思えなかった。

馬場先生が僕らを釈放する。僕と佐古田は無言で並んで職員室から出た。

「……」

黙ったまま、下駄箱まで二人で歩く。僕は職員室でできなかった思索を始めた。これは一体どういうことなのか――。しばらくして、有力な答えに行きつく。佐古田は、僕を気にしているように、たまに視線を向けていた。

「佐古田」

「何だよ」

足をとめて彼を呼び止めた。彼は不機嫌そうに返事をし、僕と真《ま》っ直《す》ぐ視線を合わせようとしない。

職員室で見せられた答案用紙。あれを見て、僕の中で疑いは確信になった。あまりにも、似てい過ぎる。間違い方まで一緒だった。【兵役を課した】あれでは部分点しかもらえない。正解は【租・庸・調を課した】である。テスト中、その用語がどうしても出てこなかった。佐古田もそうだったのか？　そうとは思えない。早伊原は正しかった。

佐古田は、カンニングを行った。ふつふつと、僕の中で何かが煮えたぎった。それは、僕がカンニングされたことに起因していない――、使用された方法、それを思うと、胸が苦しくなるのだった。

「佐古田、お前、僕の答案用紙、カンニングしただろ」

僕の瞳をちらりと見て、彼は歯ぎしりする。数秒して、隠すことが不可能だと思ったのか、低く唸《うな》るように言った。

「……黙ってろ」

僕は最初からこのことを明るみに出すつもりはなかったが、意地の悪さが出て、返事をしなかった。その様子を見て、彼は何を思ったのか、鞄をその場にぽすん、と落とした。瞬間、身構える。殴られると思ったのだ。しかし、その心配はなかった。

「……何のつもりだ、佐古田」

彼は、その場で膝《ひざ》を折り、土下座をした。

「頼む。誰にも言わないでくれ」

「…………」

異質な空気を感じた。噛《か》み合わない。彼らしくない。彼は何があっても自分の非を認めるようなやつには見えない――ましてや土下座なんて、するはずもなかった。それなのに、目の前の光景は一体どういうことだ。あっけにとられていると、彼が顔を上げないままに言った。

「分かった。金を出す」

「い、いらないよ。何だよ、お前。……別に誰にも言うつもりなんかねえよ」

「……そうか」

彼は立ち上がる。ズボンについた汚れを払って落としてから、僕を見据えた。その瞳には力強さが籠《こも》っていた。

「そんなに言って欲しくないなら、最初からするなよ。……次やったら、明るみに出す」

「分かった」

彼は短く返事をして、視線を斜めに落とした。長い前髪が彼の表情を隠す。後悔しているのだろうか。

これで僕は彼の強力な弱味を握ったことになる。何かあった時に脅す――なんてことは、僕の目指す青春とはかけ離れているのでしないけれど。

「カンニングするにしても、こんな方法……だからやり返されるんだ」

僕の発言の意味が分からなかったのか、佐古田は特に反応しなかった。

「あ、佐古田くん。ここに居たんだ」

後ろから声が聞こえたので振り返ると、西宮龍之介がいた。おどおどとして気まずそうにしている。この反応からするに、佐古田の土下座は見られていないだろう。

「……？　二人で何してたの？　何か呼び出されてたけど」

すかさず僕がフォローを入れる。

「テストが良い点だったから、勉強法を聞かれてたんだよ」

「へえ、そうなんだ。……ぼくもがんばらなきゃ」

その言葉がひどく虚《むな》しく聞こえた。テスト前に毎日ゲーセンに連れて行かれて、勉強時間を奪われて、――あげくにカンニングの片棒を担《かつ》がされて、どうして平気な顔ができるのだろう。僕は西宮ほど我慢強くなれない。

「にっしー、約束。ゲーセン行くぞ」

佐古田は、さっきまでのことが嘘だったかのようにけろっとして西宮の背中を叩いた。不愉快さがこみ上げる。僕がここにいる必要はない。不快なものは視界から外そう。そこから去ろうとした時、西宮が言った。

「あ、佐古田くん、今日は午後ティーで」

「あぁ、約束のな。オッケー」

「お願いね」

西宮がそう言うと、佐古田は「おう」と返事をし、その場から去った。自販機へ向かったのだろうか。その会話が、起爆剤のように働く。違和感が加速度的に広がった。

「午後ティー？　どういうこと……？」

臨界点を迎え、僕は無意識に尋ねていた。佐古田が西宮にジュースを買いに行かせるなら分かる。しかし、今のような、逆の状況は、まるで想像していなかった。佐古田は、西宮を搾取する人物だからだ。

「ああ、それはね――」

西宮が笑う。淀みなく、楽しそうに僕に語って見せた。それが語られるうちに、僕は頭の中で、思考の歯車が盛大にズレる音を聞いた。

「おら、にっしー、買ってきたぞ。ぱっぱとゲーセン行こうぜ」

佐古田がジュースを二本買って戻ってきて言う。一本を西宮が受け取る。そして笑顔で、そう――笑顔で、答える。

「うん、そうだね。……じゃあね、矢斗くん。また明日」

「あ、ああ……」

僕は二人を見送った。佐古田は僕を振り返らなかった。

しばらく僕は呆然としていたのだろう。その場で考えが広がり、閉じ、行き詰り、立ち尽くしていた。最後の態度に違和感しかなかった。

「春一先輩、そんなところで銅像ごっこですか？　邪魔なこと極まりないですよ」

彼らが去ってから何分経《た》っただろう。どこからともなく現れた早伊原が僕に声をかけたことにより、我に返る。

「あ、春一先輩の存在がそもそも邪魔極まれりみたいなものでしたね」

「……」

「先輩……？」

「ああ、何でもない」

早伊原は僕の異状を察知したのか、頭の上にクエスチョンマークを浮かべた。

「早伊原、ちょっと話がある。……カンニングのことだ」

4

帰りに早伊原と中心街にあるモスに寄ることにした。僕が誘ったので、僕のおごりとなったが、話を聞いてもらえるのであれば構わなかった、——のだが。僕は今日、財布を忘れた。そのせいで昼食も買えなかった。結局、おごりの話は立ち消えとなった。

僕らは一階の窓際《まどぎわ》の席に座った。中心街なので、外は会社帰りのサラリーマンや主婦で溢《あふ》れていた。

「早伊原、お金を貸してくれ」

「だから、嫌です♪」

おごりがなくなり、早伊原の機嫌を損ねてしまったらしい。彼女はモスバーガーポテトSセットとチーズバーガーを頼んだ。においを嗅《か》ぐだけでもよだれが出て来る。昼飯は、浅田に雀《すずめ》の涙ほど分けてもらっただけだった。

「茶封筒の五万円、あるでしょ？」

「お金があっても、貸すかどうかは私の勝手です」

「僕の話、気になってるんじゃないか？」

「話したいと言ったのは先輩の方です。何事も言い出した方が不利なんですよ」

たとえ君が何か言い出したとしても、結局僕が不利になるだろ。と思ったが、これ以上機嫌を損ねると何が起こるか分からないので言わないでおいた。

彼女がにんまりとしながらモスバーガーの包みを剝《は》がしていく。僕の物欲しそうな顔を見て満足したのか深く微笑み、かぶりつく。バンズが歪《ゆが》み、彼女の口へ吸いこまれる。瞬間、ミートソースの香りが弾《はじ》けるように広がり、嗅覚《きゅうかく》を刺激する。包みがくしゃりと音を立て、彼女の唇からトマトの汁が垂れた。僕の中で胃液が溢れるのが分かった。

「……そんなに食べたら夕食が食べられなくなるんじゃないか？」

「余裕です♪」

「太るよ？」

「太らない体質です♪」

「分かった。明日倍にして返す」

「いやです♪」

「愛してる」

「私もですよ、ダーリン♪」

僕は諦めた。何を言っても張り付けた笑顔で返答されるだけだ。彼女は僕の様子を見て楽しんでいるのだ。非情である。早伊原と僕の間にあるのは、一方通行の利益だけだ。結局僕は、彼女の思惑通りに行動するはめになる。僕は、彼女に支配されているのだ。

……さながら、佐古田と西宮の関係のように。

「分かった。本題に入ろう」

彼女の指が揚げたてのポテトに伸びるのを非難の目で見ながら僕は宣言した。ここで食事をすることができないと決まった以上、ここを一秒でも早く去り、帰宅するべきだ。話を早く終わらせるしかなかった。

「それで先輩、放課後呼び出されたのって、やっぱりカンニングのことでした？」

僕は首肯し、最後の記述問題とその解答——僕が【唐の所有する口分田を支給し、代わりに兵役などを課した。】で、佐古田が【とうの所有するくぶんでんを支給した。へいえきを課した。】であることを伝えた。

「これはさすがにカンニングがあったと考えるしかないんじゃないですか？」

「ああ、その通りだよ。僕もそれを見て、カンニングがあったと確信した」

「私の言う通りだったわけですね」
彼女は勝ち誇り、ジンジャーエールを一口飲んだ。
「それで、トリックは分かったんですか？」
「それなんだけど、まず説明が必要でね。君には言ってなかったけど、西宮龍之介って
やつがいて――」
「ああ、知ってますよ。春休み後から佐古田先輩のターゲットになり、やたら絡まれて
いる真面目《まじめ》で気の弱い小さな先輩ですよね？　私も今日、佐古田先輩周辺のことを調べ
てましたから」
「……そうか」
いつも思うが、彼女と本格的に敵対したら、勝てそうにない。
佐古田と西宮は、友人ではない。端から見れば彼らの関係は、いじめっ子といじめら
れっ子になるだろう。佐古田が威圧を以《もっ》て発言すれば、西宮は無条件で従う。何でもや
らせることができる。
「それで、先輩の思うトリックは何ですか？」
僕が何にも辿り着いていないという可能性は、彼女の中では端からないようだった。
急《せ》かされる中、僕は頭の中で組み立て、論理立てて説明する準備を整える。
「まず、テストの際、学籍番号順に座る。僕は窓側一列目、後ろから二番目。佐古田は

廊下側二列目、後ろから三番目。そして西宮は――僕の隣だ」

早伊原は教室を思い浮かべているのか、視線を右上にやりながら僕の話を聞いていた。

「僕と佐古田の間には四列も間がある。さすがにそんな遠くから僕の答案用紙を覗くことはできない――そういう話だったよね？」

「ええ、そうですね」

「確かにその通りなんだ。そんなことは不可能だ。でも、僕の答案用紙はほぼ確実に覗かれた。ということはつまり、逆に考えれば分かる。……僕の解答を覗けるやつは誰なのか？」

答案用紙を覗くには、真後ろ、斜め後ろ、横がある。当然そうなりますよね、と言いたげな表情で彼女は頷《うなず》く。彼女の推理も、ここまで辿り着いていたらしい。

「つまり先輩は――」

彼女の確認してくるような視線を受け、僕は頷いた。

「――西宮先輩がカンニングしたと？」

その通りだ、と僕は言う。

「佐古田がそれを強要したんだろう」

佐古田の普段のテストの点数は知らないが、佐古田は春休み中に行われる補習対象者だった。そうとうに悪いということだ。補習はごめんだが、勉強するのもごめんだ。そんな風に思い、西宮を強制的に協力させ、今回の作戦を実行したに違いない。

「……西宮は、何の理由もなくそんなことをするやつじゃない」

「本当に？」

僕の強い口調に疑問を持っただろう早伊原が尋ねる。僕の答えは変わらない。

「絶対だ。彼は何と言うか……純粋培養されているんだ。カンニングなんて、そんな思考に至らない。至ったとしても、よっぽどのことがあるんだ」

西宮の親は、彼を徹底的に管理している。悪影響を与えそうなものを全てカットしているのだ。だからゲームも漫画も小説も、何も知らない。彼が知っているのは勉強と、孤独だけだ。そして、どこか違うと思いつつも、決定的間違いが分からぬまま、日々を送っている。

「西宮だって、本当はやりたくなかっただろう。何度も反対したはずだ。しかし、強く言われて……結局やることになった」

早伊原が肘《ひじ》をついて、ポテトを指で弄《もてあそ》びながら言う。

「でも先輩。西宮先輩がカンニングして、それでどうするんです？　佐古田先輩には、何の関係もないじゃないですか」

――いや、ある。

「佐古田はいつも通りに、適当に解答。西宮は、カンニングしながら良い点数の答案を作った」

そして、ただ一点、偽装する。

「氏名欄に自分の名前を書かずに、『佐古田雅彦』と書く」

一方、佐古田は自分の答案用紙に『西宮龍之介』と書く。これで完璧《かんぺき》だ。完璧に、西宮の努力を無にして、自分だけが得をできる。西宮のことを思うと、胸がズキリと痛くなる。佐古田、お前は西宮をどれだけ搾《かし》取すれば気が済むんだ。

早伊原は納得できないように首を傾げた。

「でも、本当に、自分に何の得もないのにそんなことをするんですか？」

「するんだよ。人間っていうのは、強要されると、いとも簡単に一線を越える。やらされている、という意識があると責任を感じないんだ。……だけど西宮は、ささやかな復《ふく》讐《しゅう》を仕込んでいた」

「復讐、ですか……？」

早伊原が訝《いぶか》しげに眉をひそめた。予想していなかったのだろう。

「僕の答案を本当に丸写ししたんだ」

「ああ、……なるほどです」

「そうすれば、当然佐古田はカンニングを疑われる」

結果、今回のように職員室に呼ばれるはめになる。

「ちょっとしたドッキリを後に残したわけですね」

考えの足りない佐古田のことだ。もしかすると、最初から「丸写ししろ」と言っていたのかもしれない。だがそれでも西宮なら気付いただろう。これではカンニングしていると高らかに言っているようなものだと。つまり、気付きつつも、意図的にやったのだ。

職員室から出た後にそのことをそれとなく言ったが、佐古田は気付いていないようだった。

「それで、円満解決――といかなかったから、今私とここにいるんですよね？」

「……そうだ」

この事件は、これだけで済む話だと、職員室を出たあたりまでは思っていた。しかし、どうにも腑《ふ》に落ちないことが出てきたのだ。僕はその違和感について、早伊原に説明する。

西宮が佐古田にジュースを買いに行かせたこと。ゲーセンに行くぞと言われ、嬉しそうに答えていたこと。

そして、西宮が語った訳。ジュースを佐古田が買いに行ったその理由。

「ああ、それはね、訓練に付き合うお礼ってことで、一本ジュースを奢《おご》ってもらう約束になってるんだよ。ぼくはいいって言ってるんだけど、佐古田くんがどうしても、って言うから……」

西宮は困ったように、しかし、どこか嬉しそうに、遠くを見ているであろう瞳で微笑んだ。

「ぼく、遊びとか全部禁止でしょ？　でもゲームセンターならバレないんだよ。もちろん長居して帰りが遅くなったらバレるけど。一日数回、ちょっとの時間だけやる。それがぼくの楽しみだったんだ。……春休み始まってすぐ、ぼくがいつものようにふらっとゲーセンに寄って格闘ゲームをやってた時、やたらと弱い人に当たったことがあってね。その相手っていうのが、佐古田くんで。向こうから話しかけてきたんだ。お前うまいな、教えてくれよって」

その様子は、何とか想像できるものだった。

「ほら、最近あの格闘ゲーム、コンシューマーでも出たでしょ？　佐古田くんの仲間うちで流行《はや》ってるらしいんだけど、彼、なかなか上達しなくて、最近ではついていけないんだって。それで春休み、夢中になって特訓したんだよ。その関係が今も続いてるんだ。勉強しなくちゃいけないのは分かってるけど、佐古田くんに強引に誘われると、つい、ね」

彼は照れたように笑った。

朝、強引に誘われていた時のことを思い出した。僕は当然のように西宮が苦笑いを浮かべていたのかと思っていたが、実際は違う表情を浮かべていたんじゃないだろうか。

「ぼくも指導に熱くなっちゃってさ。つい長居するようになって。それで、親に何となく怪しまれてね。塾通いのこと、話したでしょ？　休暇明けテストで二十位以内に入らないと塾に入れるって言われちゃったのは、そういうわけなんだよ」

途端、彼は悲しそうに微笑んだ。

「結局ぼくは二十位以内に入れなかったから……だから、佐古田くんとゲーセンに行けるのも、塾が始まるまでだね。塾が始まると、忙しいから、とても無理だよ」

そのタイミングで、佐古田がジュースを持って帰ってきた。それ以上の話は聞けなかった。

早伊原が僕の話を聞いて、ポテトと往復する手を止めた。僕は口を開く。

「僕はそれを聞いて、……自分の推理が間違っていると思った。だってあの推理は、佐古田が上の立場で、無慈悲に西宮に命令できるからこそ可能なトリックだったから。じゃあカンニングはなかったのか？　いや、でもあの答案用紙の酷似《こくじ》は偶然で起きるとは思えない。そもそも二人の関係が分からん。全く。理解不能だ……」

早伊原の止まっていた手が動き出す。最後のポテトを口に放ってから言った。

「……先輩。関係というのは、割と複雑な代物《しろもの》です」

彼女は諭すような口調で言った。そして店内を見渡し、ある一組に目を向ける。近くの高校の制服を着ている、男女の一組だった。男子はこれといった特徴のない外見で、喋りながらときおり、にへら、と笑みを浮かべる。女子は随分と背が低く、一心不乱にポテトを口に詰めていた。見た目よりも食べる方なのだろうか。

「例えばあの二人、どんな関係だと思いますか？」

「……カップル……かな」

女子の方が、何の許可もなく彼のポテトを食べている様子を見ると、あれはおごられたもの。そういう関係なら、カップルを疑うのが当然だと思う。

「私には、ただの友人、いや、知り合い程度――そんな関係に見えます」

「どうしてだ？」

「男子の方が、困ったような笑いを浮かべているからです。……でも、実際はもっと違うかもしれません」

「……それが何だ」

「彼らは実際知り合い程度。しかし、大多数が、先輩のようにカップルだと思ったとしましょう。それならあの二人の関係は、カップルになるでしょう」

早伊原は窓の外を、ぼうっと眺めていた。長いまつげが、横顔だと、なお強調された。

「……でも、実際は知り合い程度なんだろ？　それなら、どれだけの人がカップルだと思ったとしても、カップルじゃないだろ」

「彼らが『違う、知り合い程度だ』と主張したとして、何か意味があるんですか？　民主主義の世の中、多数は事実です。たとえ、真実が違ったとしても。世の中は、当人達のことを気にしませんから」

「…………そう、だな」

　全ては外側。内側はどうだって構わない。建前、外見、作り笑顔――世の中は、流れをスムーズにする嘘で満ちている。そしてそれは事実となる。誰も真実なんて気にしないんだ。

　僕が、西宮が女子にいじられているのを、内心喜んでいるのではないかと思っていたこと――あれも、真実は違った。カラスを、全世界の人が黒いと言ったらそれは黒いことになってしまう。勝手なレッテル貼りだ。カラスがいくら自分は白いんだと主張しても、無意味である。

　――ただ、真実は確実に存在する。

「真実は、当人達にしか分からないんです。……時には、当人達にも分からない関係というのは、それほどに難しいものなんです。彼女はそう締めた。

「……あれを見て、どう思いますか、先輩」

　彼女がさっきから眺めている窓の外を指さす。モスの向かい側にあるゲームセンター。その中で、佐古田と西宮がゲーム台を挟み、向かい合うように座っていた。格闘ゲームを楽しそうに、そして真剣な表情でプレイしている。僕がこの席に座ったのは、彼らを観察するためであった。早伊原は、それに気付いていたようだ。

「……」

「こっちが、真実なのかもしれませんよ、先輩」

思い込み。いや、願望だ。西宮は僕と似ているはずだという、願望。それが僕を間違った答えに導いた。

「先輩は、事実だけを見てしまった。ミステリはいつだって事実ではなく、真実を追求するもの。だから、矛盾が生じたんですよ」

僕の思考は、停止していた。まだ、うまく理解が追いつかない。

彼女はモスバーガーの最後の一かけらを咀嚼《そしやく》する。飲み込んだ後、指についたソースを舐《な》めとる。ナフキンで指をぬぐってから言う。

「いいですか？　まず、先輩が言ったトリックは実現できません」

「……どうして」

「何のために学籍番号順に座らせるんですか。それは、回収した答案用紙が学籍番号順になるようにしているからですよね。名前の入れ替えトリックは、学籍番号が飛ぶことになり、先生が採点している途中で気付くはずです」

はっとする。どうして僕はこんなことに気付かなかったのだろうか。気付いた後だと、それは当然のことのように思う。今回、佐古田にカンニング疑惑が実際に出ているんだ。

それならより念入りに調べる。採点する時に、連続していた番号が途切れていたのなら、このトリックに行きつくはずだ。

「ここからは私の推理です。多分、正しいでしょう」

「教えてくれ」

「先輩が積極的にこっちに首を突っ込むなんてこと、あるんですね」

「……」

僕が黙っていると、彼女は目を細めて、仕方ないですね、と言った。

「西宮先輩は親が厳しく、二十位以内に入らないと塾に入れると言われた。それはゲーセンに通えなくなることを意味しています。つまり、ゲーセン仲間となった佐古田先輩に関係がある話です。西宮先輩がそのことを彼に話した可能性は高い」

「それが……？」

それを聞いても僕にはまだ分からなかった。

「それを聞いた佐古田先輩は、責任を感じた。自分の特訓に付き合わせてしまったことで、ゲーセンで少し遊ぶという、彼のささやかな楽しみを奪うことになってしまったからです」

責任を感じる。佐古田が自分に負い目を感じる。僕はその可能性について、無意識のうちに排除してしまっていた。

「何とかして、西宮先輩に二十位以内に入って欲しい。彼が世界史が苦手だと知った佐古田先輩は、彼に世界史の点を取らせたいと思った。しかし、今から勉強させたとしても到底間に合わないだろう。……カンニングさせるのはどうだろう。しかし、性格的に彼がそんなことを進んでやるはずもない」

そこまで言われて、僕はようやく分かった。最後まで早伊原の推理を聞く。

「だから佐古田先輩は、『自分の成績がヤバイ。特に世界史が。だから、世界史が得意で有名な矢斗春一の答案をカンニングして、テスト中に教えてくれ』、そう理由を偽装した。最初、西宮先輩は断ったと思います。でも——佐古田先輩は、西宮先輩にできた、初めての友達だったんじゃないですか？」

そうだと思った。僕や他にも数人、西宮と話す人はいる。しかし、友達とは呼べないだろう。僕は西宮とどんな話をしたらいいか分からないのだ。一緒にゲーセンで遊んでいる佐古田の方が、よっぽど友達と呼べる。そして西宮なら——そんな友人の願いを、聞いてしまいそうだった。

「西宮先輩は、そんな友人の頼みだからこそ、引き受けてしまったのでしょう」

気が弱いから、そんな風に思っていた。しかし、違うんだ。彼は、友人がどうしてもというなら、協力する——、そんなやつだ。

「佐古田先輩は、自分が良い点を取るつもりなんてなかった。自分に伝えるという部分は、どうでもよかったんです。ただ、彼にカンニングをさせて、高得点を取って二十位以内に入って欲しかった。……しかし、西宮先輩は、カンニングしてもなお、自分の解答を続けた。彼はカンニングしたにも拘《かか》わらず、それを答案に反映させることなく、テストを終えたんです」

「……そうか」

「答案を伝える方法ですが、佐古田先輩の答案、やたらと平仮名でしたよね？」

『とう』、『くぶんでん』、『へいえき』が平仮名で表記されていた。馬場先生のテストで九十八点を取れる実力があるなら、そこが漢字で書けないということはありえない。僕がカンニング説を確信した一つの理由だった。

「テスト前に、西宮先輩と佐古田先輩で通話を開始する。ネット通話だとタダで良いですね。西宮先輩はズボンのポケットに携帯をしまう。テストがほとんど記号問題ということから、携帯を叩いた回数で合図をしていたのでしょう」

彼女は携帯の下の方を爪《つめ》でトン、と叩く。こうすると、こっちで鳴る音は小さくても、通話先には大きく音が聞こえる。『ア』は一回、『イ』は二回……というように決めていたのだろう。

「そして佐古田先輩は髪が長い。おそらく、携帯にイヤフォンを繋《つな》げ、そのイヤフォンを制服の袖《そで》に通し、テスト中にはずっと肘をついて、イヤフォンを装着していたのでしょう。髪が長いならなおさら、耳元は隠れます。気付かれないと思います。……問題は最後の記述問題。ノックを駆使して何とか西宮先輩が音を伝えても、ノー勉の佐古田先輩は漢字が分からない。だから平仮名で書いた、というわけですね」

これが私の推理です――。

「……正しいと思うよ」

彼女は満足したように笑った。

「おそらく、この手法は、西宮先輩が考えたのでしょう。こんな複雑な方法、佐古田先輩が思い付くとは思えません」

ああ――。そこでようやく納得がいった。僕が、職員室で馬場先生に疑いの視線を向けられていた理由。僕と佐古田の席は四列離れていた。その障害を越えてカンニングするには、特別な手段が必要だ。佐古田がそれを思い付くのは不自然だ。だから――僕が何かしたと、馬場先生は、そう判断したのだろう。

「……佐古田が、西宮のために、か」

全く思いもしない可能性だった。佐古田は、西宮のことを思いやった。結果、うまくいかなかった。佐古田は何も考えずに受け取った解答をただ写しただけ。そこに意味はない。彼の本意は叶《かな》わなかった。

だから、なのか。すとん、と、全ての違和感が腑に落ちた。

彼は、僕に土下座をした。土下座をしてまで、西宮の罪を公《おおやけ》にしたくなかった。彼の土下座は、自分のためじゃない……西宮のためだ。僕は、佐古田雅彦という人物のことを何も知らなかった。

僕はただ、西宮がかわいそうだという、それだけの感情で動いていた。前々から僕は、西宮の家庭環境に同情していた。西宮は、青春を最初から取り上げられているようなものだと、そう思っていた。僕はまだ目指せるが、彼にはその権利すらない。ずっと西宮を、気の毒だと思っていたんだ……。何かあった時にこっそり手助けくらいはしてやろうと決めていた。

「でも、先輩。ここに、一つ問題があるんですよ」

彼女は気付いているのだろう。意地悪な笑みを浮かべた。

「いくら隣の席でも、なかなか全部をカンニングするのは、難しいと思うんです。――まあ、隣の人が協力してくれているなら別ですけど」

「……そうだな」

僕は人よりも視界が広く、他人の視線を認識しやすい。僕はテスト中、西宮の視線に気付いた。カンニングだと分かっていた。でも――彼がこんなことをするには、きっととても重大な理由があるのだろうと思った。だから僕は、答案用紙を右に寄せ、解答した。わざと見えやすい配置にした。それくらいの協力は、僕の正義に反さなかった。馬場先生に視線で問い詰められた時、咄嗟《とっさ》に言いそうになったのはこのことだった。「僕は、カンニングに協力しました」——と、そう言いそうになったのだった。

西宮のカンニングを知っていたからこそ、最初、掲示板の順位表を見て違和感を覚えた。西宮の名が、上位にあると思っていたからだ。

「……」

全てを解き明かした彼女に一言礼を言おうと思った矢先、彼女がいやらしく口角をつり上げた。

「にしても先輩。こんな事件が解決できないとは、修行が足りませんね。……でも、まあ、楽しかったですけど」

礼を言おうと思った気持ちは霧消した。彼女はただ、自分の興味が赴くままに行動している——青春しているだけだ。それに僕を利用している。

「……君を楽しませるために事件があるわけじゃない」

僕が厳しめの口調で言ったので、彼女は言い返してはこなかった。ただ、むっとするだけだ。

僕は西宮を、どこか自分と似ているやつだと思った。しかし、彼には大事な——彼のためなら不正を犯してしまうような大事な友人がいる。どう考えても間違っているが、それでも、僕の良心はそれを拒まなかった。そんな友情もあるのか。親に内緒で友人とゲーセンに行く。なんて素敵な青春だろう。彼はそれを持っていて、僕は持っていない。

西宮は、かわいそうなんかじゃない。

「今回もまた私が勝ってしまったようですね。敗北を知りたいです」

「何だよ、じゃあゲーセンで音ゲーでもするか？」

「先輩、お金ないじゃないですか」

「そうだな」

彼女への返答がおざなりになる。元気がなかった。多分、僕はショックを受けているのだ。

勘違いされる方が悪い、という言葉がある。僕も戒めとしてそう思っている。だけど、彼らは、彼らの関係を勘違いされたとしても厭《いと》わない。二人だけが分かっていればそれでいいんだ。そういう友情なのだ。脱力し、上を向いた。蛍光灯が目に染《し》みる。光が強すぎて、目がくらんだ。

「じゃあ先輩。私はそろそろ帰ります。ゴミは片付けといてください」

そう言って、彼女はトレーを僕の前に押し、素早く席を立った。

「おい、ゴミくらい自分で片付けろよ」

彼女は振り返ることなく去って行った。僕と彼女の間に、さよならを言う習慣はない。

なぜなら友人ではないからだ。

佐古田と西宮の関係は、早伊原と僕の関係と同じだ、そう思っていた。でもそれは、勘違いだった。馬鹿《ばか》みたいだ。僕はただ、理不尽な目に遭っているのは僕だけじゃないと、そう思いたかっただけなのだ。西宮は、僕とは違う。思いやられている。

すっかり暗くなった外の景色を見る。西宮は、人通りも少なくなり、切れかかった街灯が物寂しく明滅していた。いつの間にか、佐古田と西宮の姿も消えていた。

ぐぎゅるる、と僕の腹が情けない音を立てた。空腹も限界だ。僕も帰るとしよう。トレーを持つと、不自然な重みがあった。

「……」

チーズバーガーが手つかずで残っていた。数秒立ちすくむが、結局僕は再び座ることにした。ゴミは片付けといてくださいって、そういうことかよ。彼女の態度がなんだかおかしくて、僕は笑ってしまった。

「あいつも、よく分からないやつだな……」

関係は時には、本人達にすら分からない、と彼女は言った。

僕と早伊原は、どういう関係なのだろう。皆が僕らを恋人だと思い、それが客観的事実となっている。じゃあ、その中身は、真実は、何だろう。

「……分かんないなぁ」

確実に真実はある。僕はそれに当てはまる言葉を持っていないだけだ。知り合い、友達、親友、師弟、先輩後輩、上司部下、兄弟、親子――数えきれないほど、人間関係の種類があるのに、どれにも当てはまらなかった。ただ、何があっても、めったなことではこの関係は壊れないだろう。

たとえ、彼女が僕を殴っても、僕が彼女の花を全て枯らしても、僕らがキスしようとも、変えられない。僕らは普段からずけずけと本質付近を突っつきあっているからだ。

しかし、僕も彼女も、本質は何も知らない。何をしたら彼女が本気で怒るのか、喜ぶのか、僕は知らないし、逆もまたしかりだ。それを話す時、僕らの関係は収束する。その日が近いのか、遠いのか、まだ分からないけど。

できればその日は、来ないで欲しいと思う。この、邪魔なほど近くて、見えないほど遠い距離を維持したい。……しかし無理な話だろう。僕が頻繁にミステリに巻き込まれるのを、「体質」と言ってごまかせるのも、限界がある。彼女はいつかその真実に、僕の根幹に触れようとする。その時は、全身全霊をかけて、早伊原を騙《だま》そう。

それまでは何も考えず、僕は自分の青春を追いかければいい。

携帯を開くと、森さんから再びメールが来ていた。返事をしながら、チーズバーガーの包みを剥がした。

冷めたチーズバーガーを一口かじり、チーズバーガーってこんなにおいしかったっけ、と思った。

閑話　早伊原との日常2
「将来、タイムマシンってできると思うか？」

いつもの放課後、生徒会準備室。特に今日はミステリが発生したわけではなかったので、いつものようにそれぞれ読書をしていた。

彼女が本から視線を上げる。

「何ですか、急に」

「いや、今読んでた小説に出てきてさ。ずっと彼に片思いしていた女性が主人公なんだけど、結局彼女の恋は叶わなくて。だから彼女、研究者になってタイムマシンを開発したんだよ。で、それで過去に行って、いろいろやって、彼と結婚する未来を手に入れたわけ。でもそのタイムマシンは過去への一方通行で、彼との結婚生活、自分は楽しめない。……でも彼女、満足そうな笑顔を浮かべて死んでいくんだ」

彼女は眉根をひそめる。

「ドン引きしました。凶悪なストーカーじゃないですか」

「おい、おいおいおい。確かにどこからが一途《いちず》で、どこからがストーカーなのかはよく議論される点だが、これはフィクションなんだから、ロマンチックと言え」

「先輩の口からロマンチックという言葉が出たことに驚きました。気持ち悪い」

「いいか早伊原。頭に言葉が浮かんでも別に必ず言わなきゃいけないわけじゃないんだ」

　彼女は恋愛に興味がないのであった。だからこそこんな淡泊な反応が返ってくる。

「でも……そうですね。タイムマシンができるかどうかはちょっと気になりますね。さっそく明日、実験しましょう」

「実験？　どうやって？」

「それはお楽しみということで」

　次の日。いつもの放課後、場所は、中庭、一本桜の下。彼女はスコップを僕に渡して言う。

「ここ掘れ、ワンワン」

「一つ、どうして掘らなきゃいけないのか。二つ、どうしてスコップが一つしかないのか。三つ、どうして君は心底楽しそうな笑みを浮かべているのか」

「実験ですよ。穴掘りが必要なのですが、男性じゃないといけないんです」

嘘つけと思ったが、言い返すのも面倒で僕はおとなしく穴を掘ることにした。掘っている最中、教師が来たが、桜の木の根元治療だと彼女が答えていた。もちろん、嘘だろう。縦に五十センチほど掘る。額から汗が流れる。

「もういいか？」

「もうちょっとです。先輩、ファイト」

彼女はにこにこと、無邪気に微笑む。機嫌が良いように見えた。そのことについて聞くと、「私は、自分のために一生懸命何かをしているのを見るのが好きなんです」だそうだ。埋めるのは彼女にやらせようと揺るがない決心をした。

結局一メートル程穴を掘らされた。

僕が穴の横でバテて座っていると、彼女が鞄から金属製の箱を取り出した。

「何それ、タイムカプセル？」

「まあ、みたいなもんです。もっとも、何重にもしてあって、未来永劫《えいごう》腐らずに残るようにしてありますが」

結局、埋めるのも僕がやらされた。穴に関することに早伊原が関わると、この実験には意味がないらしい。

穴を埋め、スコップで叩いて表面を平らにしてから生徒会準備室に戻る。

「で？　結局、どういう実験だったんだよ」

「待ってください先輩。ほら、あと一分で五時半になります」

だから何なのだろうか。彼女が期待を込めた目で生徒会準備室のドアを見つめる。そういえば、今日は鍵をかけていない。万が一にも彼女の裏の顔が見られないように鍵をかけているらしいのだが、いいのだろうか。

「……五時半になりましたね」

時計を見る。その通りのようだ。

「失敗？」

「そうですね。……あの箱には、今日の年号、日付、そして五時半と時間を指定した未来人祝賀パーティの招待カードが入っているんですよ」

「……ああ、なるほど」

あれを見た未来人が、タイムマシンを持っていたなら来られるというわけだ。

「これで、タイムマシンが開発されないと証明されてしまいましたね」

彼女はつまらなそうに、鞄から本を取り出す。

「いや、待てよ。法律とか、いろいろあるかもしれないじゃないか。タイムパラドックス起きたら大変だし」

「でも、中には私の顔写真と『来てくれたら頬にキスする』券も入っていたんですよ？」

「それが原因で来なかったのかもしれないな」

「何でですか。法律を破っても来るに決まってるじゃないですか」

それからしばらく、この実験の欠点について議論した。

僕が穴を掘ることと、実験の本質との間には何の関係もないことに気付いたのは、その日、帰宅してからだった。

三章

一日で学年全員のメアドを入手する方法

1

『From：tantei_wakakusa@gmail.co.jp
件名：浮気現場（証拠あり）
添付：syouko.jpg
本文：若草高校2年3組、矢斗春一《やとはるいち》は、1年2組、早伊原樹里《さいばらじゅり》と付き合っているにも拘《かか》わらず、他の女性と楽しげに何度も買い物に出かけている。証拠写真を添付する。』

うとうとして眠りに入ろうかという時間、僕の携帯が震えたのでメールをチェックすると、こんなメールが来ていた。添付されている画像をおそるおそる開くと、そこには外食している僕と、——彼女の姿が写っていた。僕は一瞬凍りつく。これは一体どういうことなのか。その夜、僕はあまり眠れなかった。

次の日。昼休みになったので友人の浅田と昼食にしようと思ったら、後輩の早伊原樹里が、張り付けた笑顔で訪ねて来た。

「春一先輩、一緒にお昼しましょう」

視線が教室入り口の彼女に集中し、教室のざわめきが膨らむ。彼女は今、最も話題の人なのだ。彼女の姿を見て、うげっ、と声を上げそうになるが堪《こら》える。今日は朝から出会わないようにしていたのであった。しかし訪ねられてはどうすることもできない。

「あ、こんにちは〜。どもです」

早伊原は、入り口付近の席の生徒達に笑顔で挨拶《あいさつ》をした。ショートヘアの髪を乱しながら忙《せわ》しなくぺこぺこと頭を下げる。それがお転婆《てんば》、そして丁寧で良い子という印象を作り出す。彼女の、衝撃的とも言える整った顔立ちとも相まって、現在進行形でクラスメイトからの人気指数はぐんぐん伸びている。

一緒に昼食を摂《と》る予定だった浅田が遠慮して、行って来いと言ってくれたので、お言葉に甘えることにした。行きたくないが、行かなくてはならない。プロポーズ事件、カンニング事件と二つの事件を通して、僕は彼女に付き合わされる現状に、不本意ながら慣れつつあった。

早伊原と僕は、この一カ月間、恋人関係を偽装していた。

まるで公園のような中庭に向かう。大きな一本桜周辺には、芝が敷いてあることもあり、多くの生徒が昼食会を開いていた。

僕らは中庭はずれの花壇裏にあるベンチに腰掛ける。ここに座ると学校内から目に付くが、周りに人がいないので会話は聞かれない。笑顔でさえいれば僕らが罵《のの》り合っていても、生徒からは仲良しカップルに見える。

彼女と少し距離をあけるが、詰められる。眉根《まゆね》をひそめて非難の表情を作ると、踵《かかと》で足を踏まれた。僕が意識的にぎこちない笑顔を作ってようやく、足が解放される。いつものことなので、ここまで僕らは無言であった。態度のコミュニケーションとも言う。

「……それで、何？　一緒にお昼を食べるのは火曜と木曜だっただろ。今日は水曜だ」

恋人関係を演出するために僕らは決まった曜日に昼食を共にするのだった。しかし今日はその日ではない。

「先輩、分からないんですかぁ？　……それより今はご飯にしましょう。仲良くですよ」

馬鹿《ばか》にしたような表情で僕の顔を覗《のぞ》き込んでから、彼女は鞄《かばん》から水色の包みを取り出した。それを膝《ひざ》の上で広げる。出現したピンク色の細長い弁当箱を開け、二段組みを崩した。一つはおかず用、一つはご飯用であり、色鮮かだった。

僕の昼食は、今朝コンビニに寄って買ったあんぱんとサンドウィッチ、パックの野菜ジュース、そしてデザートにプリンだ。プリンは温かくなってしまわないように鞄の中に大切に保管してある。水曜日は購買でなくコンビニで好きなものを買う。僕なりの贅《ぜい》沢《たく》であった。いつも使っているコンビニは万引き犯の手によって潰《つぶ》れてしまっていたので、少し遠くまで買いに行った。ここ一年、万引きの被害が激しく、それで何軒も店が潰れている。それについて早伊原と話題にすることも多い。

ともかく、僕にとっては贅沢な食事でも、彼女にとってはそうではないようだった。

「先輩、貧相な食事ですね。そんなんだから発想も貧困なんですよ」

「なるほど。じゃあ君の頭の中はお花畑なわけだ」

彼女の色彩豊かな弁当箱の中身を見て言い返す。こんなやりとりも既に慣れたものである。彼女が入学してきてまだ一ヵ月なのに。ぞっとしない話だ。

早伊原が、僕のサンドウィッチを見て言う。

「あ、先輩。ツナサンドあるじゃないですか。……あーん」

目をつむり口を開けた。マヌケ面《づら》だった。僕は即座にポケットから携帯を取り出し、無音カメラを起動させた。正面から素早く撮影し、何事もなかったかのように携帯はポケットに戻す。いつか、何かの嫌がらせに使えるかもしれない。僕は心の底でニヤリとして言う。

「ちょっと待ってろ、今から泥団子作るから」

「いえいえそんな手間をかけるのは悪いですよ。ツナサンドで遠慮しておきます」

どうしてもツナサンドが食べたいようだった。この前寄ったモスでも思ったが、彼女は結構食い意地が張っている。サンドウィッチは二切れしかない。ただであげるわけにはいかなかった。

彼女の弁当箱からおかずを選定する。

「鶏《とり》の照り焼き一つと交換だ」

メインのおかずである。良い照りが出た鶏の照り焼きが三つ、薄い色のレタスの上に並べられていた。

「いいですよ、はい。あーん」

彼女が器用に鶏の照り焼きとレタスを一緒に箸《はし》でつまみあげ、僕に口を開けるように要求してきた。正直この取引に乗ってくるとは思わなかった。これにより敷き詰められた白米の使用比率が変わってくるからだ。僕だったら応じない。

まあ、良いだろう。僕は鶏の照り焼きの香ばしいにおいにつられてオーケーし、箸で摘《つま》まれたそれらを手でもぎ取り口に運んだ。

彼女が僕の手からツナサンドを奪って言った。

「先輩、手で食べるのはカレーだけにしてください」

寿司《すし》じゃないのか。彼女のグローバルな言葉を無視して鶏の照り焼きを味わう。

鶏の照り焼きはみりんが良くきいており、噛《か》みしめる度に閉じ込められた旨味《うまみ》が口内に溢《あふ》れた。その味がレタスに染《し》み、葉の爽《さわ》やかな後味によって風味が完成されていた。

彼女の母は、料理のスキルが高いと感心した。一度、晩御飯に呼ばれてみたい。

「これはなかなかおいしい」

僕の感想を聞いて彼女は満足気に微笑《ほほえ》んだ。彼女はツナサンドを最後に食べたいのか、自分の弁当のたまご焼きを箸でつついていた。

僕はティッシュで手を拭《ぬぐ》ってから、もう一つのツナサンドを食べる。ふと思い出して鞄の中のプリンを取り出した。即座に彼女が反応する。

「せ、先輩。それはコンビニスイーツというやつでは？」

物欲しそうな目だった。まだ欲しいのか。

「……分かった。待ってろ。すぐに泥団子作ってやるからな」

「先輩の手を煩《わずら》わせるなんてとてもとても。恐れ多いです。そのプリンで我慢します」

僕は呆《あき》れた声をあげた。

「あのなぁ……このプリンは、鶏の照り焼き二個分の価値があるんだぞ？」

このプリンは高級品。値段的には二切れサンドウィッチと同じだ。サンドウィッチ一切れで鶏の照り焼き一つだったので、このプリンは鶏の照り焼き二つ分の価値がある。

「じゃあ先輩、はい。ツナサンド返します。プリンください」

彼女が僕にツナサンドを握らせた。

「どうしてそうなるんだよ」

正直なところ、鶏の照り焼き二つとだったら交換しても良いかなと思っていた。そうなると彼女は白米をまるで消費できなくなるが、彼女から言い出したことだし、僕はそんなこと知ったことではない。しかしここで、さっき僕があげたツナサンド一切れで手を打とうとしてきた。

「鶏の照り焼き二つ分ということは、ツナサンド二切れ分ということですよね？ さっき先輩に鶏の照り焼き一つあげました。そして今、ツナサンドを一切れあげたわけです。合計すれば、プリンと同等の価値になるじゃないですか」

「……ん？」

確かに彼女の言う通りだ。しかし、おかしい。これでは僕が損しているじゃないか。僕は合計鶏の照り焼き三つ分の価値を差し出したはずなのに、得られたのは二つ分の価値。でも彼女の言うことは一見正しく思える。……いや、待てよ。最初の取引は最初の取引で成立してたんだから後の取引とは別として考えなければ——。

「おいしいですね、このプリン」

「……おいい」

僕が考えているうちに、彼女はプリンを半分以上も食べていた。

　こうして今日も僕は彼女に搾《しぼ》り取られるのであった。彼女は巧妙に罠《わな》を張り、結果、僕に奉仕させる。僕が後になって何を言っても駄目なのだ。彼女は僕の言うことなんて少しも意に介さない。単純な頭の回転では彼女には及ばない。僕はプリンのことを諦《あきら》めることにした。

　僕はぶっきらぼうに言う。

「それで、本題に入れよ」

　イレギュラーな行動には目的がある。彼女が水曜日なのに僕を昼に誘ったのも何か目的があるのだ。

「分かっているでしょう、先輩。メールですよ。昨晩、来たらしいじゃないですか」

　そのことだろうと思っていた。

「ああ、来たな。僕が浮気をしているという趣旨の匿名《とくめい》メールが、証拠の画像付きで」

　早伊原と恋人ごっこを始めてから、僕は男子達の妬《ねた》み嫉《そね》みを受けることとなった。先輩には舌打ちされるし、僕に関する悪い噂《うわさ》が複数湧《わ》き上がった。と言っても、噂に関しては、僕は元々悪い噂持ちであり、そのせいで友達が少ないので表面的な影響は小さかった。内面的にはボロボロである。

「今朝、先輩のクラスメイトから聞きました。今日の緊急お昼会は、皆に私達の変わらぬ愛を見せ付け、浮気の話は嘘《うそ》だと思わせるためです。……それで、浮気してるんですか？　きゅるん」

彼女はスプーンをくわえながら目を潤《うる》ませて僕を上目使いで見た。瞬《まば》きを細かくする。確かに可愛《かわい》いが、イライラしかしなかった。

「ああ、めっちゃ浮気してるよ。妹とな」

「妹さん？」

「添付されて来た画像見たか？」

「ええ、先輩と女の人が、どこかのお店で仲良さそうに食事をしていました。先輩の顔は写っていましたが、浮気相手の方は後ろ姿ですし、見切れています。かろうじて女子だと分かる程度ですね」

早伊原が携帯を開き、添付されてきた画像を開く。なぜ二年にしか送られていないこのメールを一年の彼女が持っているかは聞かなくても分かる。その広い人脈で誰かからもらったのだろう。

写真にはファミレスのシート席で座っている僕の顔がはっきりと映っていた。一方で、反対側に座っている女子は肩から上しか映っていないし、見切れている。その女子はセミロングの毛先を巻いており、橙色《だいだいいろ》のトップスを着ている——それくらいの情報しか得られないが、女子だということがはっきり分かるというだけでこの写真の効果は絶大である。

「あれは先週、妹の買い物に付き合わされたときのものだ。その帰りに飯食ったんだよ。盗撮されたんだろうな」

最初から友達が少ない僕であるが、悪意を向けられるのはショックだ。存在が空気になるのと、感情を向けられるのとでは真逆なのだ。しかし、メールを受け取った僕の数少ない友人――浅田は、僕の言い分を信じてくれた。彼も尽力してくれているし、噂もそのうちに消えるだろう。

「先輩、大変そうですね……」

「誰のせいだと思ってるんだよ……」

妬み嫉みが来るのは覚悟していた。そのうち、皆、僕と彼女が恋人であるというこの状態に慣れるのだろう。それまでの辛抱である。

「あっ」

そのとき、早伊原が声を上げ、何かに気付いたように僕とは反対側を振り返った。視線の端に何か映ったようだ。彼女の視線の先には、二人の生徒――三年生がいて、そのうち一人がこちらに来るように手で合図していた。呼んでいるのは、僕ではなく、彼女のようだ。

「先輩、ちょっと……。すぐ戻ってきます」

彼女が席を立ち、ぱたぱたと二人の生徒の元へ小走りした。僕は目をこらしてそれを見る。

二人は、七月に行われる学祭の実行委員長と副委員長だった。

委員長が篠丸《しのまる》先輩、いつもにこやかで、頭が良く、気の利《き》いたことを言い、リーダーとして優れた才能を持つ人だ。

一方副委員長、太ヶ原《たがはら》先輩は、髪を長くして眉を細く剃《そ》っており、いかにも軽そうな人であった。実際チャラいことで有名である。彼女を呼んだのは、その太ヶ原先輩のようだった。

いつも二人で行動している。どうやら小学校からの縁であるらしい。

しばらく三人で話していたが、篠丸先輩が太ヶ原先輩の制服の首根っこを摑《つか》んで去っていく。それに対して早伊原が何度も頭を下げていた。太ヶ原先輩は引きずられながらもニヤニヤとし、早伊原に手を振っていた。おそらく太ヶ原先輩がしつこく言い寄り、篠丸先輩がそれを止めたのだろう。早伊原が小走りで僕の方へ戻ってくる。

「はあ……」

彼女は疲れたように僕の隣に座った。

「何だった？」

「私に近づこうという魂胆での会話でした。ＬＩＮＥのＩＤを教えて欲しいそうです」

ＬＩＮＥというのはインスタントメッセンジャーである。メールの簡易版、そして私的版だ。メールより手間が少ないので、僕もこれを使っている。そうなると、今時メールというのは珍しいのかもしれない。僕は、名前と顔が一致していなかった入学式の日しかメアド交換を行っていない。LINEでは、相手の本名等個人情報が分からない。

「でも、断ったんだろ？」

彼女はそういう異性とのやり取りを嫌った。目的が透けて見え、馬鹿らしいとのこと。せっかくの高校生活の時間を、無駄にしているように感じると言っていた。彼女の青春はミステリにしかないのだ。

「やんわりと、お断りしました」

「太ヶ原先輩はしつこいらしいからな」

「今朝、告白されたばかりです」

振られたばかりなのにこうやって呼びつけて話ができる太ヶ原先輩の心の強さに驚いた。

「……そう、それで、何て答えたの？」

「私には、彼氏がいますので……と、いつものように答えましたよ」

「あのさぁ……」

分かっている。彼女がそう言い訳できるように、僕がいるのだ。だけど、間違っている。人の真剣な気持ちを偽りで汚《けが》すのは、許されないことだと僕は思う。太ヶ原先輩が、真面目《まじめ》に彼女のことを好きかどうかは分からないけれど。

「たまにはちゃんと答えてあげなよ……」

僕が蔑視《べっし》すると、彼女は一瞬驚いたようだった。しかし、何も変わらないのだろう。

「太ヶ原先輩は、どっちにしろ嫌です」

「それを本人に言ってあげなよ」

「相手が傷付くし、私も嫌な気持ちしかしないです。私の気遣いは、ウィンウィンなんですよ」

そう言って彼女はいつもの笑みを浮かべた。僕は冷めた視線で彼女を見たが、反応はなかった。

「あ、篠丸先輩、さっきいたじゃないですか」

「うん？　何？　篠丸先輩も、君のこと好きなの？　それだったら付き合った方がいいよ。すごくモテるんだから」

僕がにやけて冗談を言うも、彼女はツッコミを入れるでもなく、ため息をついた。

「いえ、……」

彼女は引きつったような、疲れたような笑みを口元に浮かべた。

「何か、考えが見えないところがあるんですよ。だから、何か緊張しちゃって。人当りの良い演技がしにくいです。篠丸先輩とは、関わりたくないですね」

早伊原に苦手な人がいることに少し驚いた。確かに篠丸先輩は底知れぬ感じはするが、悪い人ではない。僕も何度か関わったことがある。

早伊原はぐったりした様子だった。どうやら本当に疲れているらしい。

「今朝から、教室でも私に言い寄ってくる人がやたらと多いです……。すごく、困ります。……メールのせいですよ。春一先輩浮気説が立ち、ここがチャンスとばかりに男子が詰めかけてるんです。緊急昼食会程度じゃ噂は消えないでしょうね」

確かにそうだろう。

「まあでも、君、友人多いし、影響力も大きいじゃん。君が噂を消しにかかれば、何とかなるんじゃないの？」

「何とかなるでしょうね。先輩と違って人脈があるので……。でも」

嫌な予感がした。

「今回鎮火させても、同じようなことがまた起こるでしょう。それにいちいち時間を取られるのは嫌です。だから――」

彼女は背筋が冷え込む種類の笑みを張りつけて、言った。

「犯人を見せしめに懲《こ》らしめましょう♪」

僕は鳥肌が立つ。懲らしめる？　冗談じゃない。そんな間違った青春とはもう関わりたくない。僕は純粋で真っ当な青春の日々を送るのだ。巻き込まれるのはごめんだった。

一人で勝手にやれ、そう言おうと思ったが、そう言えない訳があった。

僕は彼女に隠し事があった。だからこれ以上、この件について詮索《せんさく》されたくない。

しかし、彼女を止める術《すべ》を、僕は持ち合わせていなかった。

昼食会を終え、僕は一人教室に戻る。早く早伊原と別れたので教室ではまだ皆昼食を摂っているだろう。浅田はどうしているだろうか。そんなことを考えながら教室の扉を開けると、空気の凍《い》てつく音がした。一斉に目玉が僕を捕らえる。

「……え」

扉を開ける音がそんなに大きかっただろうか。一秒も経《た》たずに皆は喧噪《けんそう》へと戻って行った。僕は眼球だけを動かして辺りを確認しながら自分の席へ戻る。隣の席では浅田が携帯をいじりながら一人パンを食《は》んでいた。

「ただいま」

「おう、おかえり」

浅田が苦笑いのような作り笑顔を浮かべながら携帯を机の上へ置いた。

「一人にしてすまんな」

「いやいやいいっていいって。で、いちゃついてきたのか？」

苦笑いは消え去り、からかうような目の細い笑顔になる。僕は「んなわけないだろ」と言いつつ安堵《あんど》し、席に着いた。

2

月水金の放課後は生徒会準備室に行き、火木は一緒に昼食を摂る。そういう約束だった。一日一回話をする時間を取るとのこと。その趣旨から考えるに、今日は水曜にも拘《かか》わらず一緒に昼食を摂ったのだから、放課後、生徒会準備室に行かなくても良いことになる。ということは、つまり、自由満喫である。

しかし、帰宅しようとすると、早伊原樹里が現れた。

一緒に帰る予定だった浅田に謝ると、彼は、仕方ないな、と笑ってくれた。僕はその優しさに心を痛めながら彼女に引かれ、生徒会準備室に連行された。

早伊原が素早い動作で鍵《かぎ》を閉め、パイプ椅子《いす》に座る。昼より遥《はる》かに輝かせた目で僕を見て、座るように視線で促してくる。調べられたか。僕は嘆息し、仕方なくパイプ椅子を引き、座った。

早伊原が、机に乗り出す。

「先輩、聞きましたよ。あの匿名メール、二年生全員に送られてきたらしいじゃないですか！」

「あぁ、うん……」

たぶん、僕以外の二年生に聞いたのだろう。

「先輩、これはミステリですよ。駄目じゃないですか、ちゃんと報告してくれないと！」

「ん、ミステリ？　どこがミステリなんだよ」

しらばっくれた。こめかみを人差し指でかく。

「ミステリですすよ。だって、二年生全員ですよ？　どうやって、メアドを手に入れたんですか」

その通りである。しかし、僕はそれに気付かなかったことになっているので、引き続き演じた。

「そんなの、端から皆にメアドを聞けば済む話だろ」

「普通そんなことしません。私でさえ、同級生のメアド、八十人くらいしか持ってないですよ？」

「はっ、はちじゅ……？」

若草高校の一学年は、百六十人である。彼女は、入学して二週間で半数のメアドをゲットしたことになる。僕は驚いて変な反応をしてしまった。早伊原がそれを見逃すはずもなく、ニヤリとして尋ねてきた。

「あれ？　春一先輩って、同級生のメアド、何件持ってるんですか？」

「そりゃあ、もう、……あれだよ。一年一緒にいる仲間だしな。……大体、百くらいだよ」

「なるほど。百を、百の位で四捨五入すればいいんですね？」

「ばっ、おま、……」

それではゼロである。そんな訳ないだろう。……しかし、近い数字だったので、僕は口を噤《つぐ》んだ。でも、すぐに言い訳を思い付いた。

「ほら、最近ってＬＩＮＥだから。メアド交換とかしないから」

「そうですね。そう言うなら、ＬＩＮＥなら百六十人揃《そろ》ってるんですよねー？」

「……」

「あれ、八十人くらいですか？」

「………」

早伊原が楽しそうな顔をするほど、僕は額に嫌な汗が浮かぶのであった。

ちなみに持っているＬＩＮＥの連絡先は、十二人である。うち五人は生徒会の役員で、三人は家族だ。

防衛本能が話題を戻すことを提案してきたので僕は従うことにした。

「まあ、僕の話はいいよ。早伊原に友達が多いことは分かった。それで？」

「だから、私でさえそうなのに、犯人はどうやって二年生全員のメアドをゲットしたのかって話ですよ」

それは僕も考えたことであり、今、噂になっていることでもあった。

「移動教室の時に、皆の鞄から携帯を取ったりとか」

「普通携帯は身に着けています」

「友達づたいでメアドを集めた、とか」

「そんなことしたら、自分が犯人だと言っているようなものです」

　早伊原はため息をついた。僕だってこんな風には思っていない。しかし、何とか彼女をここで止めなくてはいけない。事件については、ここで終わりにさせたい。これ以上詮索されたくない。

「……まあ、何か適当に、方法があったんだろう。手法から犯人を割り出そうなんて無理なことだ。諦めろ」

「先輩、私は諦めませんよ？　難しい謎《なぞ》であればあるほど燃えるタイプです。というか先輩、被害者じゃないですか。犯人、気にならないんですか？」

「全くならない。心底どうでもいい」

　僕の頑《かたく》なな態度を見て、彼女は一瞬表情を曇らせるが、すぐに薄い笑みを浮かべた。

「あー、……先生にこの事件のことを報告した方が情報が集まりそうですねー」

　僕の方をちらちらと見てくる。さっきのセリフを意訳すると『変に事件を大きくしたくないのなら、素直に協力してください』となる。

この件が大きくなると、クラスメイトの視線が余計僕に刺さることになる。僕は被害者であるが、クラスメイト達は僕を何としても加害者に仕立て上げるだろう。なぜか。僕がそういう陰湿な人物だと認識しているからだ。

実際に、「僕が早伊原を嫉妬《しっと》させるためにやった自作自演」説が有力な噂として出回っている。皆のメアドを入手した方法が判明していないのにだ。「どうせ矢斗がまた何かやったんだろ」、そう思っている。これ以上教室で気まずい思いはしたくない。

額に手を当てて答える。

「……分かったよ。先生に言うのはやめてくれ」

やられてばかりだ。そろそろ何か仕返しがしたい。

「素直でよろしいです。何か、心当たりがあるんですよね？」

心当たり。全員のメアドを手に入れるチャンス、それは、確かにあった。

僕は頷《うなず》き、三日前の放課後のことを話した。

その日、ホームルームで、配布物が二つあった。先に配られたのは『学園祭テーマアンケート』。これは六月に迫った学祭のテーマを、候補のうちから一つ丸を付けて提出するというものだ。後に配られたのは『緊急連絡先記入用紙』。これは防災の面から、緊急時に生徒の安否を直接確認するための連絡先を記入するものだ。今年から始まったらしい。

「あぁ、そういえば、私のクラスでもそれ、配られましたね」

早伊原は顎《あご》に手を置いて考える仕草をした。

連絡先というのは、携帯のメールアドレスが望ましいとのことだった。それを手書きで記入するようになっていた。

担任の坂本先生は、今メアドが分からない人は、このメアドまで連絡をくれと、プリントの下の方を指さした。そこには、sakamoto_wakakusa@sso.waka.jp というメアドが記載されていた。

携帯を持っていない人は、それ以外のメアド、例えば親のメアドで連絡をしてくれと言った。

続けて坂本先生は、今メアドが分かる人も、記入とは別に、こっちにもメールをしてくれると助かる。入力する手間が省けるから、という趣旨のことを言った。

坂本先生は、二学年の緊急連絡先の担当になったらしい。

「私のクラスで配られた紙は、違うメアドでしたね」

そう言って彼女は僕に携帯の画面を見せてくる。僕は受け取り、覗き込む。そこには、ishikura_wakakusa@ssc.waka.jp と表示されていた。

「学年ごとに担当している先生が違うんだろうな」

一年の担当は石倉先生なのだろう。僕は彼女に携帯を返した。

早伊原が机の上の鉢植えを一つ目の前に持って来た。黄色い花びらを指先で撫《な》でるようにしながら言う。

「……心当たり、というのは、その記入した紙のことですね？」

「そうだ。携帯を持っていない人が何人いるか知らないけど、多くはないだろ。ということは、多くの人は紙に自分のメアドを記入して提出し、かつ、記載されてたメアドにもメールを送ったはずだ。僕は記入しただけで、メールは送ってないけど」

手打ちでメアドを登録したのだが、何だかそれだけで満足してしまい、自分のメアドを紙に記入したんだし、一件くらい先生の手打ちの手間が増えても別にいいや、という気持ちがあった。

先生はよく浅田に手伝いをさせているのだが、たまには自分で手を煩わせろ、という気持ちがあったのかもしれない。

「つまり――、その記入用紙を盗めば、ほぼ学年全員のメアドを知ることができる、と」

確かにそうなる。しかし、それは無理なことだった。

「盗むことはできないだろうね。学祭アンケは後ろからまわして回収だったけど、緊急連絡先は、その場でメアドを記入できた生徒については、先生が一枚一枚回収してた。だるいだるいって言いながらね」

「確かに、個人情報ですからね……」

「紛失したら、責任問われるだろうな。さすがに適当な坂本先生でもちゃんと管理してると思うよ。少なくとも、誰かが盗んで、全員分のコピーを取る隙《すき》なんか、ないだろ」

彼女は、むむ、と唸《うな》りながら考え込む。彼女の難しい表情は好きだった。彼女の笑顔が嫌いだからそう思うのかもしれない。それを見て満足した僕は席を立った。

「先輩、どこ行くんですか?」

「もういいだろ、帰るよ」

「えー! 一緒に推理しましょうよ!」

早伊原が机にべったりと上半身をくっつけながら僕に抗議した。僕はその様子を一瞥《いちべつ》した。

「悪いけど、僕は謎解きが嫌いだ。この世から、ミステリが無くなればいいと思ってる人間だからね。それじゃ」

彼女は僕を非難する言葉を発していたが、僕は足を止めることなく、鍵を解錠して、生徒会準備室から立ち去った。

義務は果たしただろう。僕が渡した情報に嘘、偽りはない。そこから推理するのは彼女の勝手だが、それを僕に強制するのはお門違いである。

どこに現実を推理して楽しむ高校生がいるのだろうか。いたとしても、僕はそうなりたくない。

もっと僕は、友人と馬鹿なことをしたり、恋愛一歩手前の甘酸《あまず》っぱさを味わったり、学祭の準備で学校に泊まったり、放課後の夕陽が差し込む教室でたたずんだり、そういうことをしたい。

真《ま》っ直《す》ぐな青春は今しか体験できないのだ。僕はかけがえのないそれを、大切にしたい。

浅田はもう帰ってしまっただろうか。階段を下りながらそう思っていると、篠丸先輩と太ヶ原先輩とすれ違った。

太ヶ原先輩は僕を見るなり、睨《にら》み付けてくる。すれ違う瞬間に舌打ちをされた。

「太ヶ原」

篠丸先輩が、彼の名を軽く呼び、注意した。

僕は舌打ちに反応することなく、階段を上り切った。

太ヶ原先輩が僕をおもしろく思わない気持ちは、理解できた。

それでも、行動のベクトルが違うと思う。僕に圧力をかけても、早伊原は太ヶ原先輩のことを好きにはならないだろう。むしろ、僕が早伊原にこのことをチクって、太ヶ原先輩のイメージを落としかねない。まあ、僕はそんなことしないし、そもそも早伊原の中で太ヶ原先輩の評価は無である。無関心の、無だ。本来なら、早伊原に自分の良さをアピールすべきだと思う。それが、正しい。間違いは結果、不都合しか呼ばない。後に残るのは、虚《むな》しさと後悔だけである。

僕には太ヶ原先輩の思考回路が理解しきれなかった。

青春とは、正しくあるべきだ。青春を間違えるのは、好ましくない。

早伊原はそういう間違ったものが好きだった。歪《ゆが》んだ中にある人の本性や、捻《ひね》くれた関係、難解な真実——彼女はそういうものに惹《ひ》かれる。クラス内では低姿勢を装《よそお》うが、実際には何でもできる位置にいる。それが楽しくて仕方がない。僕も昔はそうだったから分かる。僕がミステリ小説が好きだった時代——中学時代だ。

昔のことを脳内上映しながら下駄箱《げたばこ》に向かう途中、書類を両手に抱えた浅田とすれ違った。

「あ、まだ帰ってなかったのか」

「これ、また坂本先生にコピー、頼まれちゃってね」

彼は、困ったように笑った。浅田は、僕みたいな人とも仲良くしてくれる、人望の厚い人物だ。しかし、気取ったところがなく、人の良さが溢れている。だから面倒くさがりの坂本先生の手伝いをよくさせられている。彼は、人のために何かを準備するのが好きだった。そういう集まりに、率先して所属している。真っ直ぐだ。僕が求める真っ当な青春、それを浅田は持っている。僕が目指すべき人物だ。

彼とは、入学式の時、隣の席になった。それから、仲良くしてもらっている。

「手伝うよ」

僕がそう言うと、彼は礼を言い、書類を半分僕に渡した。

書類を職員室まで届けると、一緒に帰宅した。

今回の事件について少し話した。もしかしたら犯人が分かっているかもしれないと思ったが、そんなことはなかった。僕らは駅で別れた。

その日、眠るときに考えたのは、やはり、匿名メールの犯人のことだった。

早伊原に、謎解きに興味はないと言ったが、犯人は気になった。

帰宅して寝ようかという頃、森兎《う》紗《さ》さんから電話があった。森さんは僕の後ろの席の女子で、同じ中学出身だ。僕らは三十分ほど取り留めのない会話をした。森さんとの会話は頭を使わなくて済むので助かる。学校では人目を気にしてか話しかけてこないが、メールや電話はしてくるのだ。

電話を終え、眠りにつこうとした瞬間、携帯が震えた。電話中に来たメールがセンターでとまっていたらしい。

『From：tantei_wakakusa@gmail.co.jp
件名：警告
本文：矢斗春一。明日中に、早伊原樹里と別れろ。』

「…………うそだろ」

そのメールを読んだとき、そして、それに気付いたとき、心臓に杭《くい》が打たれたかのように錯覚した。鋭い痛みが瞬間、体中に走る。しばらくしてから、じんわりと頭の中に黒いもやが広がった。確信。疑い。振り払おうとしてもこびりついて消えない。その夜、僕は一睡もできなかった。

この考えは根拠に乏しい。だから、少しでも後押しするものが欲しかった。

3

職員室が入り乱れるとき、それは掃除の時間だ。皆が忙しなく動き、だからこそ、よっぽどのことが無い限り、注視しない。

職員室の入り口付近の角の机、そこが担任の坂本先生の机であった。当番の人が掃除をする中、僕は何気なく職員室に入り、流れるような動作で坂本先生の机のところまで行きついた。自分の掃除箇所は、適当な理由をつけて抜けてきた。

朝、各クラスの教卓の中を調べた。しかし、入っていなかった。次に、各クラスのゴミ箱を漁《あさ》ったが、やはり僕の探し物は見つからなかった。

あと探してない場所は、坂本先生の机くらいだ。

坂本先生の机付近は、そこだけ荷物置き場のように雑然としていた。

机の脇《わき》には、ほこりをかぶった段ボールや分厚いノートパソコン、シュレッダーなどが積んである。シュレッダーだけはめずらしく使われており、中身が満杯になっていた。

「……」

自分がやろうとしている行為に想像を膨らませる。

見つかったら、停学は免れないだろう。以前、先輩が先生の机の中にある試験用紙の写真を撮ったことがあった。その現場を見つかり、彼は停学になった。

停学は、受験にまで響いてくる大きな傷だ。

青春は、間違いを許容する効果がある。しかし、今回はそれで許されるようなものではない。青春で許される間違いは、後で笑い話になる類《たぐい》の、人を不幸にしないものだ。

僕はそれとなく周りを確認し、別段僕に注目している人がいないことを確認すると、机の上を見た。坂本先生らしくごたごたしている。ノートパソコンも開かれたままになっており、電源が点滅している。どうやらスリープモードになっているようだった。

散らばっている書類に手を伸ばす。触れるのが、躊躇《ためら》われる。しかし、ここで戸惑っているようではどうにもならない。僕は、そっと、机の書類に触れた――。

「あ、ちりとり取って――」

そうじ当番の会話が、僕をびくつかせる。手を机から離す。顔を上げるが、僕には関係のない会話だと分かり、すぐに手元に戻す。

一線を越えた実感を持ちながら、机の上の書類に再び触れた。一枚一枚確認する。

ぺらり、とめくる。違う。

次をめくる。違う。

次も――。

ない、ない、ない――。見つからない。

時計を見た。四時十五分だった。掃除が終わるまであと数分である。

しかし、それは目安でしかない。坂本先生が担当している箇所の掃除が早く終わるかもしれない。いや、坂本先生だけじゃない。目の前の席や、隣の席の教師が戻ってきてもアウトだ。

――いや、そもそも。

僕は自分が手をつけた机の上を確認する。

最初はどんな風に紙が散らかっていたっけ……？

僕にはただ散らかっているように見える机の上でも、当人にとっては、ベストな状態であったりする。それが崩されると、気付くものだ。僕は捜索を中断し、机の上を元の状態に戻すことに心血を注いだ。

……結果。自信はないが、これで良しとした。この作業に、終わりが見えなかったからだ。

捜索を再開した。机の上にはない。そうなると、引き出しか。

僕は、机の一番面積の広い、正面の引き出しに手をかける。引くと、がつん、と引っかかった。鍵がかかっているのかと思ったが、どうやら滑りが悪いだけのようだった。

さっきよりも強い力で引っ張る。

キィィ、と黒板を引っ掻《か》くような音が高く響いた。

僕ははっとして顔を上げる。しかし、掃除当番の人達は、誰も気付いていないようだった。丁度チャイムが鳴っていたのだ。僕は、そのチャイムにすら気付かなかった。こんなんで誰かが近づいて来たときに、咄嗟《とっさ》に反応できるのだろうか。

というか、チャイム……？

時計を見る。四時二十分だった。掃除の終わりの時間だ。

心臓が体を打つように暴れた。呼吸が荒々しくなる。

僕は、開けた机の中を見る。そこには、プリント類は入っていなかった。

その右側に位置する引き出しを開ける。

ない。

その下。ない。

その下。ない。

最後の引き出しを開けた。そこには――。

「なあ、お前、何やってんの？」

背後からの声に、体がびくんと跳ねた。血がすうっと下がり、頭がふらついた。

振り返ると、僕を見下ろしている太ヶ原先輩の姿があった。学祭実行副委員長の彼は、職員室に何かと用事が多いのだろう。学祭アンケの集計を行ったのも、彼だ。

「いや、えっと、……」

僕はそっと引き出しを閉め、言い訳を考えた。しかし、この不自然な間《ま》は、僕が悪事を働いていることを示すには十分だった。

太ヶ原先輩が、口元を歪めた。

「お前、坂本先生の机、漁ってたのか？　何、試験用紙？」

わざと大きな声で言う。何人かが僕に注目した。多数の目玉が僕を取り囲んでいる錯覚にのまれた。呼吸が浅くなり、瞳《ひとみ》が渇くのを感じた。

――終わった。

そう思った瞬間、太ヶ原先輩の背後に、もう一人現れる。

「ちょっと、太ヶ原ー？　何、また後輩に絡《から》んでんの？　因縁付けんの止《や》めろって言ったっしょー？」

現れたのは、篠丸先輩だった。太ヶ原先輩は、篠丸先輩に頭が上がらないらしく、振り返った太ヶ原先輩の顔からは、歪んだ笑みが消えていた。

「いや、こいつが、何か先生の机漁ってて」

「はあ？　んなことする奴《やつ》がいるわけないでしょ。いいから太ヶ原、第一講義室に来て。皆待ってるんだから」

「本当だって、こいつが――」

「はいはい」

問答無用で太ヶ原先輩の首根っこを掴み、ぐいぐいと引っ張る。それに負けて、太ヶ原先輩は、僕を睨み付けると、そのまま踵《きびす》を返した。

「というか、これ」

呆れ顔の篠丸先輩の手には一枚の紙があった。

「アンケの集計結果。これ出しに来たんでしょ？　これ忘れてどうするよ」

「あ、わりい」

大して悪びれない太ヶ原先輩を後目《しりめ》に、篠丸先輩は集計結果を坂本先生の机の真ん中に置いた。「重要！」と赤字で書かれた付箋《ふせん》が貼《は》ってある。それにまねき猫型のペーパーウェイトを乗せると、振り返った。

僕にウインクを飛ばすと、すぐに太ヶ原先輩の方を向いた。篠丸先輩が、「副委員長なのに暇だっていうから仕事あげたのに、それも満足にこなせないってどういうことだよ。だから何も仕事任せらんないんだよ」と頭の後ろで手を組んで愚痴りつつ、苦笑いしている太ヶ原先輩と職員室を後にする。

「…………」

僕は、篠丸先輩に見逃してもらったのだ。大きな借りが一つできた。

直後、二人が出て行った扉から、坂本先生が入ってくる。僕の姿を見つけて声をかけてきた。

「おう、どうした、矢斗。先生に何か用か？」

「あ、と、いえ。大丈夫です」

僕はそのまま職員室を後にする。

「……」

廊下には、多くの生徒がいた。喧噪が耳に戻ってくる。そして僕の思考を心地よく濁した。僕は安堵の息をつき、胸をなで下ろした。

ポケットに手を突っ込む。折れ曲がり皺《しわ》になった紙のがさついた感触。引っ張り出してみると、それは僕の探していた物だった。太ヶ原先輩に見つかる直前、一番下の引き出しの中に見つけたのだ。

確認する。

「…………あぁ」

僕の予想は、真実に近づく。

僕の考えを伝えるべきか、問い詰めるべきか、吐かせるべきか。答えはノーだ。僕はそんなこと、二度とやらない。しかし、しかしだ――。

二日の不眠で思考が判然としない。僕はどうしたい？　僕は何を守りたい？　今、僕の心の中に広がっている思いはなんだ？

行動について迷った時、僕はいつも倫理について考え、自分の行動を抑制する。取り返しのつく、無難な選択をしていく。

「…………」

犯人は、分かっている。そこからが、問題だ。

僕の推理にはやはり根拠がない。間違っているのかもしれない。自分でも合っているとは思えない。それでも、もし、そうなら。僕の考えている通りなら、放っておいたら、取り返しのつかないことになる。そして僕は一生後悔することになる――。自分が、行動しなかったことを、だ。

決意を固めた。犯人に、証拠をつきつける決意だ。しかし、今、彼は第一講義室で会議中だ。僕は図書室で時間を潰すことにした。

4

「探しましたよ、先輩。どこにいたんですか……」

下校時刻に下駄箱に行くと、早伊原が待っていた。疲れた顔をして、下駄箱に寄りかかっている。色素の薄いショートカットの髪が、逆光で透けて輝いていた。早伊原と目が合わないように視線をずらす。

「君に見つからないように男子トイレに籠《こも》って本を読んでた」

「何でそんなことするんですか……メールもメッセージもたくさん送ったのに」

「ちゃんと既読付けただろ？」

「でも返事してくれなかったじゃないですか！　既読無視ですよ。女子に嫌われますよ」

僕は憤慨する彼女を後目に、黙々と靴を履きかえた。僕らの間には、「ごめんなさい」や「ありがとう」という言葉が不足している。親しくない仲には、礼儀なし。もはや関係と呼べる関係は存在しないように思える。

しかしそれでも、皆は僕らが好き合っていると思っている。カンニング事件で学んだ。真実は違っても、皆がそう思っているのなら、事実は捻《ね》じ曲げられる。多数決の原理だ。つまり、僕らは客観的に好き合っているのであった。

その真実でない事実は、不幸しか生まない。

それなら、答えはひとつじゃないか。

唇を舐《な》め、意識的に一呼吸置いてから口を開く。

「これは単なる意見だけど」

「何ですか？」

「今度から、君に告白してきた人には、本当のことを言った方がいいと思うよ」

「え、どういうことですか？」

「つまり、僕と君は付き合っていないということを、告白してきた誰かには伝えた方がいいってこと」

彼女の返事を待つ前に言う。

「まあいいや」

彼女は首を傾《かし》げて、頭上にクエスチョンマークを浮かべる。それを無視して、校舎から出ると、彼女はとことことついてきた。僕らの歩くときの距離は、近からず遠からずである。友人よりも近く、恋人よりかは遠い。

校舎から出て、駅へ向かって歩く。僕も彼女も電車通学だ。

早伊原は思い出したように言った。

「先輩先輩、それでですね。調査をしたんです」

「何の？」

「匿名メール事件のですよ。なんと、全員に来たと思われていたメール、やっぱり、来てない人もいたみたいです」

「あー……その話だけど、もう解決したよ」

僕はアスファルトに散らばる桜の花びらを見ながら、何でもないように言った。彼女は怪訝《けげん》そうに僕の顔を覗き込む。

「本当ですか？　やっぱり、先輩も犯人、気になってたんじゃないですか。ぜひ推理を聞かせてください」

ああ、と僕は返事をする。

早伊原はいつものように僕の話を笑顔で心待ちにする。僕はぼそぼそと推理を語り始めた。

「簡単なことだよ。本当に、単純なことだ。……二学年全員のメアドを手に入れるには、この前の緊急連絡先記入用紙が関連していそうだ。でも、用紙は先生が直接回収したし、厳重に保管しているだろう。もし手に入れたとして一枚一枚全て写真撮っても時間がかかりすぎる。実質、不可能だ——という話だったよな？」

早伊原はこくこくと小さく頷き、先を促す。

「でも実際手に入れているんだ。何かを見落としている。——用紙を配布し記入させる。

かつ記載メアドにメールもさせる。用紙は先生が直接回収。保管……」

　確かにそこに隙はない。しかし、厳密に言えば――。

「用紙に隙はない。つまり、犯人は用紙を手に入れたわけじゃない。だとすれば、データ。思えば分かることだった。先生は用紙をただ保管するわけじゃない。それを保管しやすい形――データ化して保管する。そう考えるのが自然だ」

　彼女は目立った反応を見せない。落ちている桜の花びらを踏まないように歩いている。

「僕は今日、坂本先生の机の上にノートパソコンが開きっぱなしになっているのを見た。スリープモードだった。そして、坂本先生は学祭担当教員だ」

　僕は歩みを止める。春風も呼応するようにぴたりと止んだ。彼女は数歩先へ進み、ついてこない僕に気付き、振り返った。彼女と目を合わせる。

「学祭の資料を提出しに来た人が、うっかりマウスに触ったとする。パソコンがスリープモード以前の、ディスプレイがただ消えている状態だったら、それだけでつく。もし、坂本先生が緊急連絡先記入用紙の打ちこみ作業中で席を外した状態だったとしたら、そこに表示されるのは……二学年の名前とメアドのリストだ。それを写メればいい」

　早伊原はやはり反応を見せない。感心するでもないし質問しようともしない。

「でも、僕のこの考えは、あまりにも根拠がない。リストが本当に作られたのかも分からない。もしかしたら校長に提出したのかもしれないし、まだリストを作っていないかもしれない。――でも、リストはあったよ。職員室に入って、確かめた」

　早伊原が薄く口を開いた。しかし、それだけに留まった。リストを手に入れるには多大なリスクを伴う。そのことを言おうとしたのかもしれない。

「だから、僕の考えは正しい。……メールが来た人はリストに既に打ちこまれていた人。来なかった人は、まだ打ちこまれていなかった人」

　僕は続ける。

「犯人は、篠丸先輩だよ」

　彼女は驚きはしなかった。張り付けた笑顔も、今は薄い。

「あの人は、いつも学祭の資料を坂本先生に出しに来ている。付箋の使い方やペーパーウェイトを迷いなく置くあたり、手慣れた様子だった。動機だが、ただ単に僕が気に食わなかったんだろう。先輩には、僕が調子に乗っているように見えたのかもしれない。彼女を作ってチャラついてるとか、そういうふうに」

　以上だ。と僕は締めくくった。僕は推理を語り終えた。力を抜いた眼差《まなざ》しを彼女に注ぎ続ける。

「……なるほど」

　早伊原の口の端から空気が漏れるように納得の声があがった。しかし、その後、ぴたりと止まったまま、僕を見つめている。僕も見返した。お互い逸《そ》らす気はない。

学校のグラウンドから、サッカー部員の責めたてるような声が微《かす》かに聞こえる。吹奏楽部員が一人、長い音符が連なった曲を細く震えた音でとぎれとぎれに演奏している。帰り際《ぎわ》の生徒三人が僕らを追い越す。それら青春が、僕らを通過していく。春の物寂しい夕陽が僕の背中をじりじりと焦《こ》がした。

彼女はしばらく僕を見返していたが、やがて、不自然なほどにっこりと笑顔を深めた。僕は一瞬だけ目を逸らしてしまった。それを見て彼女が、一歩また一歩と近づいてくる。空気が切り替わる。胃のあたりがずん、と重くなった。

彼女の顔へと視線を戻す。思わず目をそらした。彼女のこの種の笑顔は、いつだって邪悪なのだ。

僕と彼女の距離は一歩分もなかった。彼女が至近距離で僕の顔を覗き込んでくる。

「それで、先輩は、どうしてそんな嘘をつくんですか？」

「…………」

背中にじっとりとした汗が噴き出してくるのを感じた。

「私がそんなのに騙《だま》されると思ったんですか？」

ニヤニヤと、僕と目を合わせようとしてくる。嘲笑《ちょうしょう》だ。

「いくらいい加減な坂本先生でも、リストの打ち込み途中でパソコンを閉じないまま席を立つ愚行を犯すとは思えません。それとリストが実際あったから何なんですか？　それが直接、篠丸先輩を犯人だと示すわけじゃありませんよね。そもそもリストは本当にあったんですか？」

「…………」

「それに、メールが来なかった人の共通点、調べてあるんですよ。記入用紙に書き込み、記載されていたメアドに直接メールをしなかった人達です」

そんなことまで調べてあるのか。

彼女はどこまで分かっているのか、それを推し測るために彼女の瞳を見つめた。しかし、彼女の本音はいつものふざけた笑みの裏だ。

「先輩が犯人を篠丸先輩にしたのは、この前私が、篠丸先輩のことを苦手だと言ったからですよね。見透かされているようで、と。……つまり、篠丸先輩に対してならば、私が制裁をしないと考えたわけですね」

「……」

「逆説的に、真犯人は、先輩が制裁して欲しくない人物になります。ここで先輩に舌打ちをしてくるような太ヶ原先輩は除外されますね。嫌いでしょう？　太ヶ原先輩のこと」

答えを求めているふうではなかったので答えなかった。

彼女は追い詰めるように論理で僕を囲っていく。こうして、僕の思惑から外れるのだ。

——いつもそうだった。

プロポーズ事件でもカンニング事件でも、彼女は必ず僕を超えてくる。

分かっている。

「そしてさっきの会話。告白して来た人には、本当のことを言う、という提案。先輩はどこか傷付いた様子でそう言いました。つまり犯人は、先輩の身近な人で、最近、私に告白してきた人になりますね。……そういえば、さきほど、告白されましたよ。つまり、犯人は——」

そして彼女は、笑みを浮かべながら一音一音はっきりと口の形を作りながら真犯人の名を発する。彼女が僕の目を覗き込む。僕はたぶん、泣きそうな顔をしていたと思う。

彼女は、一瞬だけ戸惑った表情を作り、僕から目を逸らした。

浅田先輩。と、彼女はそう言った。

放課後のことを思い出す。

学祭実行委員の浅田は、今日の会議に出席していた。僕はそれを図書室で待ち、終わってから教室で彼に話しかけた。都合良く僕らの他には誰もいなかった。「どうかした？」と聞く彼に、僕は俯《うつむ》いて言った。

「犯人って、浅田だろ」

しばらく返事は返ってこなかった。彼が動揺している様がそのまま伝わってくる。

「何の？」

「……そうなんだろ？」

僕が彼の問いを無視してもう一度尋ねる。彼は数十秒置いてから、自虐《じぎやく》的な笑みをうっすらと浮かべた。

「……お前がそう言ってくるってことは、もう、全部バレてんだな」

全てを悟り、諦めたのだろう。彼は頷いた。

彼はよく坂本先生の手伝いをしていた。緊急連絡先記入用紙のコピーも頼まれたのだろう。そしてそのとき、作戦を思いついた。

sakamoto_wakakusa@sso.waka.jp　これが、僕らに配布された記載メアド。

sakamoto_wakakusa@ssc.waka.jp　そしてこれが、原本の記載メアド。

ドメインの一部が異なっている。早伊原が僕に見せたメアドのドメインも、僕に配られたメアドのドメインとは異なっていた。

浅田は、原本に記載されていたメアドのcをoにしたのだ。ボールペンで線を引いたのだろう。そしてそれを印刷。

メールのドメインというのは、月額使用料を払うことにより、簡単に取得することができる。それによって、ssoの方のメアドを取得。そうすれば、学年全員が、自分に向けてメールをしてくる。学年全員のメアドを手に入れることができる。サイトなどで簡易的に行えるなりすましメールを使い、本物の先生のメアドの方へ、一通一通メールをする。これで終了だ。

つまり、浅田は、自分を経由地点にしたのだ。そして、情報を横抜きしたのである。

「どうして、こんなことしたんだ？」

もう大体予想はついている。しかし、彼の言葉が聞きたかった。

「……すまなかった」

彼は深く頭を下げる。

「本当に、ごめん。謝って済む問題じゃないけど、でも……ごめん」

ゆっくりと、彼は顔を上げる。彼の表情を、僕はじっと見つめていた。

「顔、上げてくれ」

彼は、目を伏せ、目頭に力が入っていた。後悔、しているのだろうか。それとも、恐怖しているのだろうか。

それから何度も、ごめん、ごめんと謝る。僕はただそれを沈痛な面持ちで聞いていた。

彼が犯人だと確信したのは、二通目の警告メールだった。あれは、学年全員に送るメールとは違い、僕を指定して送って来ていた。僕は、用紙にメアドを記入したが、記載メアドには送っていない。つまり、彼は僕のメアドを入手していないはずである。

それなのに、僕だと分かり、僕にメールをしてきた。

僕のメアドを知っている人物は、少ない。友人では、——浅田だけだ。

入学式の日、まだ顔と名前が一致していないときに連絡先を交換した。彼の方から僕に声をかけてくれたのだ。今でもそのときのことは覚えている。

僕のメアドだと知り、僕にメールを送ることが出来る人物——それは浅田しかいない。

「俺は、春一が憎かったわけじゃ、ないんだよ……」

「…………」

「ただ、早伊原さんのことが、好きで……お前が、羨《うらや》ましかった、だけなんだよ……」

浅田が、早伊原を好き。

考えてもみない可能性だった。今まで浅田は数ある告白を断ってきたし、自ら告白した話も聞いたことがない。彼は、少なくとも高校に入ってから、彼女を作ったことがない。そういうやつなのだと思った。だから、この可能性を考えることができなかった。

僕が彼女に呼ばれ、嫌な顔をして教室を出て行く時、どんな気持ちだったのだろうか。早伊原がさぁ、という愚痴話をしたとき、どんな感情を秘めて聞いていたのだろうか。

人望が厚く誰よりも優しい彼がこの手段を使おうと決意した時、どんな感情が渦巻いていたのだろうか。

「浅田……」

もしどうであっても、言うべきだ。もう隠しておくことなんてできない。

「僕と早伊原は、……実は、付き合っていないんだ」

「え……？」

浅田が目を丸くする。

このことは、言ってはならないことだった。早伊原と約束していた。しかし、そんなこと、どっちでもいい。本当に、些細《ささい》な問題だ。そんなくだらないことより、友人の恋を応援できないことの方が問題だ。よりにもよって、偽りで捻じ曲げるなんて、もっての外だ。

僕は彼に、プロポーズ事件のこと、偽装恋人関係を結んだ経緯など、全てを話した。

全てを聞いた彼は、まだ処理しきれていないのか、しばらく呆然《ぼうぜん》とした後に、力なく笑った。

「そう、だったのか……。だから春一はいつも、彼女に呼ばれると嫌な顔をしていたんだな……」

「今まで隠してて、本当にごめん」

僕は深く頭を下げた。彼は「やめてくれ」と言う。しかし、僕は彼の目を真っ直ぐ見られる自信がなかったので、顔を上げることはできなかった。

「それでも、そうやって、彼女と一緒にいられるんだから……やっぱりお前が羨ましいよ。――俺、さっき告白したけど、振られたから……」

彼は自嘲気味に笑った。

告白、したのか。

その事実に、僕は数秒動けなかった。


僕はさっきあったことを思い返しながら、胸の痛みを押さえつける。どうして、こうなってしまったのだろう。どうして、ここまでねじれてしまったのだろう。

「やっぱり僕は、君が嫌いだよ」

「大丈夫ですよ、私の方が先輩のこと嫌いです」

普段の軽口だと思ったのか、ニヤニヤしながら彼女が僕の顔を覗き込む。

僕が何を言っても、彼女は意に介さない。まともに取り合ってもらえない。僕だって他の人同様に、彼女に影響を与えられない。こんなに傍にいても、何一つ変えることができない。

浅田の告白は偽りの理由により、つっぱねられた。

「早伊原」

結局僕は、自ら進んで早伊原と一緒にいたのだ。

強制されているとは言え、どうにでもなったはずだ。僕は今まで真剣に、彼女の手から逃れようとしたことがない。きっと、そうなのだろう。僕らの間には存在しなかったそれを、できるだけ真剣なトーンで切り出した。本心。

僕は自ら取り出した。

「何です……？」

緊張が伝わったのか、彼女から徐々に笑顔が消えていった。

「君と絶交する。話をするのも、今日かぎりだ。もちろん偽装恋人関係も破棄する」

彼女は「は？」と言いたそうな顔になるが、声には出さなかった。それから眉根をひそめる。不思議でしょうがないらしい。

「……どうしてですか？」

「君が、僕の中の許容範囲を超えたからだ」

早伊原はなおも顔をしかめる。ようやくひとつ、心当たりが出て来たらしい。

「告白を、偽りの理由で断ったこと……ですか？」

僕は彼女の目を真っ直ぐ見つめることを返事とした。早伊原は困惑しているようだった。視線が泳いでおり、落ち着きがなかった。

「人の気持ちをないがしろにする人は、受け付けられない」

「もう事件の詳細も教えてくれないと……？」

首肯する。早伊原の反応を見る。彼女はまだ困惑しているようで、笑顔はすっかり霧消していた。僕は、自分の意思で別れを選択する。

全てが、僕がどうにかできる範囲でおさまっているうちに、どうにかしなくてはいけない。これは、僕のプライドだ。

そもそも、こうするのが自然なのだ。どうして僕は今まで早伊原と一緒にいた？　受け入れていた？　分からない。それなら、きっとこれでいいのだ。いいはずだ。

これで僕は、大事な友人を守れるのだから。

僕はさきほどの続きを思い出す。


「告白、したのか……」

もう彼は、心を決めているんだ。引き返すことはできない。誰かが真剣に犯人を調べたら、「匿名メール事件で二人の仲を裂いた直後に告白した人」として、浅田は犯人候補になるだろう。

そんなこと、少し考えれば分かることだ。

――もちろん、浅田だって分かっているはずだ。分かっていて、やっているはずだ。

「浅田」

僕は鞄から一枚の紙を取り出す。それは、坂本先生の机の中から手に入れた、緊急連絡先記入用紙の原本だった。

彼の表情の変化は読み取れなかった。

僕はかなりのリスクを負ってこの原本を手に入れた。こうやって浅田が犯人だと追い詰めるためだけだったのなら、僕はこんなことはしない。僕には今回、これをどうしても手に入れなくてはいけない理由があった。

「……話は分かったよ。君は早伊原が好きで、僕が浮気したことを示す匿名メールを皆に送り付けて、僕と早伊原をギクシャクさせようとした」

そこでここぞとばかりに浅田が早伊原に告白する。

「……そうだ」

「そのために、皆のメアドを手に入れる必要があったんだな」

匿名メールの犯人が浅田だとバレてしまったら、それはマイナス要因になる。告白は絶対に成功しないだろう。それに、クラスでの地位も失うし、僕との仲も終わりとなる。

浅田は絶対に、自分が犯人だと、バレてはいけない。

だから、おかしいのだ。

「なあ……これがあるって、おかしくない？」

「……どういうことだ？」

僕は原本を彼の前に突き付ける。

「原本は sso だ。――これが唯一《ゆいいつ》の、直接の証拠だろ」

印刷されたプリントは打ち込みが終わり、全てはシュレッダーの中だ。ssoと偽装されたプリントは、もう原本しかない。

原本を観察する。くっきりと、oの部分に手書きの線がボールペンで引かれていた。

これだ。この原本だけだ。

これだけが唯一で、そして決定的な証拠だ。

逆に言えば、原本さえなければ、印刷した人が書き加えたなどという証拠は一切なくなる。浅田はいくらでも言い逃れできるのだ。

彼は俯く角度を深くする。表情がうまく読み取れない。僕は次の言葉を放った。

「……こんな決定的な証拠を処分しないのは、おかしいだろ？」

彼は淡々と反応する。

「見落としてたんだ」

見落としていた。これが決定的証拠になるということに気が付かなかった。

その可能性だって、もちろん考えられる。

笑顔が全く含まれていない浅田の顔は、めったに見れるものではない。彼はいつも場を和ませる空気を纏《まと》っている。それが今は、ひりひりと空気を冷やしていた。

少しだけ、言葉に詰まった。彼は今、僕と相対している。本音で、真正面で、向き合っている。その間には何のおためごかしもない。それが、怖かった。

だけど、僕も譲るつもりはない。ここだけは、譲れない。

「見落としてた、か……。それはないだろ」

浅田は眉をひそめる。

「どうして」

「こんな難解で気を使いそうな仕掛けをしておいて、最重要の部分を見落としていたのか？」

「そうだ。俺は春一みたいにいつも抜け目なく行動できるわけじゃない」

僕が抜け目ない？　そんなわけない。抜け目なかったら、早伊原と関わっていない。

「それだけじゃない。……原本は、先生から渡され、君の手元にあったはずだ。隠滅すべき証拠が離れた場所にあるのなら忘れてしまうのもまだ分かる。でも、目の前にあったんだ」

それを、浅田はわざわざ返した。

浅田は小さくため息をついた。

「それは春一の予想だ。何を言ったとしても、俺は見落としていたんだよ」

「いや、浅田は見落としてなんかいない」

「だから違うって言ってるだろ」

若干、彼の声音が荒くなる。

彼の言う通りだ。これは僕の予想の範疇《はんちゅう》を出ない。決定的証拠なんて何もない。彼の言う可能性を否定できないのなら、彼の言う事は事実になる。

だけど、真実だとは保証できない。

僕は、浅田だからこそ、真実を隠そうとすると思っている。

そして、それは不自然な形として、やはり出て来るのだ。

僕は意地悪く、出来るだけゆっくり、じりじりと追い詰めるように言った。

「随分必死で否定するんだな。何をそんなに焦《あせ》っているんだ」

彼は呼吸を一瞬止めた後、二回素早く瞬《まばた》きする。口を開くも、すぐに閉じた。

……動揺している。僕の予想は、確信に近づいている。

「いつもの浅田ならこの辺で『だったら何なんだ』くらいの一言があってもよさそうだと思う。僕が何を決めつけようとしているのか、気になるから」

でも、今の浅田は、それに知的好奇心を抱かない。なぜなら、もう予想がついているからだ。ここで認めてしまったら、どうなるか、分かっているのだ。

それはつまり、真実が頭の中にあり、それを必死に隠蔽《いんぺい》しているということに他ならない。もちろん、これも決定的な理由になんかならない。ただ揺さぶり、その反応を見て判断材料としたかっただけだ。

「人の反応にいちいち理由なんかないだろ。俺がその一言を言わないのは別の要因かもしれないじゃないか。春一は理屈っぽ過ぎる。揚げ足取りに近いぞ。……まあいいよ。じゃあ聞く。……俺が証拠を敢《あ》えて隠滅しなかったとして、それが何なんだ？」

「ああ――」

自分の考えを言うのもいいだろう。当たっていれば浅田は必ず動揺するはずだ。

――絶対に犯人だとバレてはいけないのに、自分が犯人だという証拠を敢えて残す。

不自然だ。これは矛盾だ。だから、間違っている。

じゃあ何が間違っているのか。一番不自然な点はどこか――。

「浅田。僕は、君が早伊原のこと、……好きじゃないと思っている」

浅田は真実を隠している。その真実は、好きでもない人に告白するほどの何かであるはずだ。浅田がここまで極端な行動に出た要因を考えるには、浅田の性格を考えれば良さそうだ。浅田が何を本気で喜び、何を本気で嫌がるのか。

浅田は、教室の雰囲気が悪くなることを極端に嫌う。変な緊張感や対立が生まれることを嫌悪《けんお》している。誰かが攻撃を受けることによって崩壊する雰囲気に耐えられない。

今、教室で発生している問題。空気を悪くしている原因。

僕には特に感じられない。早伊原が入学してきてから多少皆はそわそわしているが、許容範囲内に思える。

……そう、僕には。

早伊原との昼食を終え、教室に戻った時のことを思い出す。教室には違和感のある静けさが漂い、浅田は苦笑いしていた。

本人達がある程度気を使い、しかしそれによってあからさまになるあの空気を、残念ながら僕は良く知っている。

「…………浅田」

「……何だよ」

「僕がいないときの教室って、どういう感じなんだろうな」

僕と早伊原が偽装恋人関係を開始してから、僕は昼休みなど、教室にいることが少なくなった。でも、そこに浅田はいる。

僕がいない教室で、皆は何を話している？

浅田は言葉に詰まっている様子だった。

——それが、答えだ。

「……僕の悪口が、ひどくなってるんだろ？」

「…………どうして」

浅田が困惑し、怒りにも似た表情を滲《にじ》ませる。

「どうしてお前は、そんなに平気そうに言えるんだ」

「平気なんかじゃ、ないよ」

ただ、仕方ないと、受け入れているだけだ。

カースト下位は、上位と対等な関係を築けない。そんなことをしようとしたら、生意気だと反感を買うだろう。友達になることも許されない。

だから、カースト上位と下位の身分差恋愛は、皆には決して受け入れられない。早伊原が僕と付き合っているということそのものが皆のストレスなのだ。

カーストが低い人物が生意気な行動を取ったらどうなるか、考えなくても分かる。

「浅田、君は、このままだと、僕への何かが始まると思った。そういうどうしようもない雰囲気になっていると、気付いたんだろ？　そして、それを止めようとした」

止めるためには、僕と早伊原を別れさせる他ない。

浅田は呆れたように首を振り、「違う」と取り繕う気があるのかないのか分からないような様子で言った。

「買いかぶり過ぎだ。俺は、そんなことをする人間じゃない。もっと汚くて、自分のためだけに動く人間だ……」

僕は思わず笑ってしまった。鼻で笑うような形になってしまった。しかし、そう思われてもいい。なぜなら――。

「それだけは自信を持って否定できるよ。僕は浅田が自分のために行動しているのを見た事がない。……正直に言えば、今回のことでの決定的な違和感は一つだけ――君が自分のために、ここまでするとは、どうしても考えられない点だよ」

浅田は、そういうやつだ。一年一緒にいてそう思う。僕と一緒に事件を解いてくれたあの時から、僕は君の人間性を疑ったことなど一度もない。

「だから、君は、——僕のためにやったんだ」

浅田は憤《いきどお》った表情で僕を睨み付けている。

「そんな顔をするなよ、浅田——。僕は、君に怒っている」

彼は一瞬ひるむ。僕は続ける。

「悪意を止めることは、難しいよな」

ここで僕と早伊原が別れたとして、それで僕への悪意は止まるだろうか。そうは思えない。加速した負の感情は、そう簡単に消えるものではない。

僕は知っている。失敗したからこそ、知っている。

「ここからは論拠がより弱い。——だけど、何故《なぜ》だか自信がある。……匿名メールという手段を取ったのは、僕の『体質』を再現するため。皆に『ああまた矢斗が何かしてる』と思わせるためだ」

だけど僕は何もしていない。いつもそうだ。そういうパターンだ。それを浅田は知っている。

僕への悪意の根本は、そこだ。僕が陰湿なやつだという皆のイメージ。それが僕を貶《おとし》めている。僕は甘んじてそれを受けることを入学してすぐに決めた。イメージを覆《くつがえ》すのは難しい。

だけど、浅田はそれをしようとしたのだ。

「今回のは浅田が起こした事件。早伊原を手に入れるためにやった。それは、浮気告発メールで僕と早伊原の仲がギクシャクしてるであろうこのタイミングで告白したことからも分かる。とても分かりやすい構図だ。――皆に、分かりやすい」

悪意を消し去ることは、できない。溜《た》めこまれたそれは、自然と消えていくことはない。どこかへ何らかの形として吐き出させないといけないのだ。

「――浅田は……自分が犯人だと、最初から皆にバラすつもりだったんだろ……？」

浅田の使ったトリックの穴。ssc が sso に変えられたことに、坂本先生が気が付くタイミングは二つあった。

一つは、記入されたプリントを回収し、打ち込みをしている時。もう一つは、浅田が原本を返した時だ。気付かれたら問題になるだろう。このトリックを実現できるのは印刷を任された浅田しかいない。浅田は事件の犯人として追及される。

何だって。あの匿名メールは早伊原を嫉妬させるためにやった自作自演じゃなかったのか。犯人は浅田か。あいつら仲良かったよな。それなのにこんなことするなんて最低だな。矢斗って今までもこういうことあったけど、もしかして全部浅田がやってたんじゃないのか？　そうだ。浅田が圧力かけて、罪を全部矢斗にかぶせてたんだ。違いない。本当、浅田って最低なやつだ。こんな人だと思わなかった。

——そういう空気が生まれる。

僕が何かして浅田のせいにしているのだと、そう思うやつもいるかもしれない。しかし、原本という決定的な証拠がある。どうやっても、僕のせいにはできない。

皆に理解しやすい程度の複雑な仕掛けをしつつ、まるでうっかりしたように敢えて分かりやすく決定的な証拠を残す。それこそが、浅田の策だった。

「君は、悪意の対象を、僕から、自分へと、切り替えようとした」

それは僕も例外ではなかった。二通目のメールは僕に「自分が犯人です」と宣言しているようなものだ。あれは、僕が浅田を恨むように仕向けた仕掛けだった。だから彼は最初、あっさり罪を認めたのだ。

そうして発散させる。

皆はすっきりストレス解消。僕は皆の悪意から解放されて極楽。

「……ふざけるなよ。君はどうなる」

僕は彼を睨み付けた。

「どうしてだ。本当に僕のためなのか？　どうしてここまでする。……分かんねえよ」

僕がそう言うと、浅田は息を荒くした。

「ああ、そうだ！　分かってる。俺がこういうことをしたら、お前が怒るだろうって分かってたさ！　だから隠してたんだ。その通りだよ……！」

興奮した様子の浅田を見たのは初めてだった。僕はそれに一瞬唖然《あぜん》とするも、すぐに言い返す。

「させるわけないだろ。君の思惑は、僕が潰す」

僕はその場で原本を破り、ちぎり、肝心なSSOの部分だけを手の中に残してその場にばら撒《ま》いた。

坂本先生は、メアドが書き換えられていることに気が付かなかった。だから浅田は、この原本を盗み出し、皆に暴露しなくてはならない。この原本は、彼の目的達成のために必要不可欠なものだ。

しかし、もう諦《あきら》めたのか、原本に興味はないようだった。浅田の体が強張《こわば》る。拳《こぶし》を強く握りこんでいるのか皮膚が白くなっている。

「春一は！　今の状況がおかしいと思わないのか！　お前が悪くないのにお前のせいになって！　おかしいだろ！」

「おかしい……？」

そう思ったことはなかった。

「そうだ。おかしいだろ。春一は別に何もしてない。出回ってる噂は全部嘘だ。春一はこんな目に遭う人じゃないだろ！　それなのに、皆に悪口言われて、ただの皆の勘違いなのに。理不尽だろ。どうして弁明しない。自分のせいじゃないとどうして言わないんだ！」

「…………」

僕は言葉を紡ぐことが出来ない。彼にぶちまけられた本音が、ひとつひとつ僕に突き刺さっていく。

浅田は知らない。僕がどうしてこういう状況になっているのか。僕の「体質」が何なのか。だからおかしいと思うのだ。

浅田は冷静になったのか、ふっと体から力を抜き、目線を落とした。

「……そのくせ何も言ってくれないだろ。一緒にいるのに。何も相談してくれない」

相談？　そんなこと、できるわけがない。

「迷惑かけてくれよ。そっちの方がよっぽど楽だ。助けさせてくれても、いいだろ」

どうしてだ。迷惑かけられたら、迷惑だろう。

浅田の言ってることが良く分からない。彼が必死で僕に伝えようとしているのに、理解できない。

「どうして俺にそんなに気を使うんだ。親友だろ」

親友。

僕と浅田は友達だ。親友ではない。どうして親友なんて言葉が出て来るのか。

——ああ、そうか。

「……君は、僕と君が対等だと思ってるんだな」

「はあ？　当然だろ」

「違う。対等なわけないだろ。僕は君に——」

構ってもらってるんだ。その言葉は飲み込んだ。僕の微かな自尊心がその言葉を言わせまいとした。

浅田は何も分かっていない。教室というのは、上からよりも下からの方がよく見える。浅田の作戦は最初から無理がある。原本があっても、それが浅田がやった決定的な証拠だと皆に説明しても、それでも僕のせいになるのだ。

空気という、集団を圧倒的に支配している圧力は、そう簡単に取り払えない。分かっていない。

僕らカースト下位は、上位に構ってもらうという構図以外許されていない。そう言っても、きっと彼は分からないだろう。

浅田はしばらく続きの言葉を待っていたが、僕が言えないでいると口を開いた。

「どうしてお前はそう卑屈なんだ。……俺はお前と一年間一緒にいた。お前は確かに訳分かんないとこで気を使ったりもするけど、……優しいやつだろ。皆を良く見てる。そして、さりげなく皆のために行動する。そういうところ、いいじゃん。卑屈になる要因なんて、まるでない。はっきり言って、お前がなんで今こういう状況になってんのか、分かんないよ」

　僕は卑屈か？　そうなのか？　ただ事実を冷静に見つめてるだけじゃないのか？　客観的に自己評価を下しているだけじゃないのか？

　分からない。僕は彼の言葉に動揺している。親友。浅田が僕のことを真剣に考えたことがあるなんて、思ってもみなかった。浅田は皆とは、距離の測り方が違う。まるでカーストがないかのように振る舞う。だから、まるでそうなんじゃないかと思う時がある。だけど、ここで調子に乗ってはいけない。そう自制している。

「……何か、あったのか？」

　彼が優しく、しかし力強く尋ねる。

「…………………………………僕は」

　親友を、作ってはいけない。禁止されている。そのことを僕は言いたくない。僕の過去を、浅田には特に知られたくない。浅田が知ったら、何とかしようと行動してくれるだろう。そんなことは、してほしくない。

　浅田は、僕の友達だからだ。

　でも。

親友と言ってくれた彼に対して、僕はここで頼ることができる。全てを話しても、彼は受け入れてくれるだろう。僕が真っ当な青春を手にするチャンスだ。もしかしたら、最後のチャンスかもしれない。僕はどちらを選ぶこともできる。

浅田は、本気で僕のことを考えてくれる良い友人だ。それは絶対だ。揺るがない。だから。

僕は口を開く。

「……何もなかったよ」

僕は笑顔で言った。

「……私と、終わりに、本当にするんですか」

早伊原がぽつりと言った。僕が別れを切りだすのがそんなに意外だったか。どうして早伊原と終わらせるのか。教室の現状もある。僕の立場もある。早伊原が人の気持ちをないがしろにし、告白を偽りの理由で断るというのも、もちろん大きくある。

——だけどやはり、これ以上浅田に迷惑をかけたくないのだ。僕の大切な友人だから。

早伊原は考え込んでから口を開く。

「それなら、あらゆる手を使って、先輩の青春を終わらせますよ」

そこに笑みはたずさえていなかった。

「構わない、好きなだけやれ」

彼女が目を見開く。こっちの気持ちはもう決まっている。

彼女との関わりは切るべきだ。それが、僕が真っ当に青春を送れる唯一と言える方法なのだから。

「……先輩。私は知っているんですよ」

「何をだ」

「浮気画像の相手が妹じゃなくて、森兎紗先輩だってことを、です」

僕が彼女に秘密にしていたことは、やっぱりバレていた。これを隠すために詮索してほしくなかったのだが、早伊原相手ならバレてしまうのも仕方ない。

「そのことを噂で流しますよ」

森さんにまで迷惑がかかる。そのことを僕が良しとしないことを彼女は知って脅しをかけている。

「いいよ。好きなだけ触れ回ればいい」

早伊原が言葉を失った。僕が表情を変えないでいると早伊原が視線を落として言った。

「先輩が何を考えてるか、よく分からないです」

まるで今までは分かってたような口調だ。僕と早伊原が理解し合えたことなど一度もないというのに。早伊原は思考し、何かに辿《たど》り着いたようだった。意を決したように顔を上げる。

「……先輩は、何を隠してるんですか？」

「何も。そもそも君に隠し事ができるわけないだろ」

僕は適当にあしらうが、なおも食い下がってくる。

「先輩が中学の頃、何があったんですか？」

唐突な質問だった。しかし、的を射ている。彼女は、分かっているのかもしれない。

「特に。今の生活と一緒だよ」

「先輩の出身中学からは、毎年推薦で十人近くの人がこの若草高校に入学してきます。でも、先輩の代は、たったの二人。矢斗春一先輩。そして、森兎紗先輩。……何があったんですか？」

僕は答えない。

「……じゃあ、先輩。ここ一年頻発してる万引き事件について、何か知ってるんじゃないんですか？」

無視した。

「そもそも、先輩のミステリに巻き込まれる『体質』っていうのは——」

「早伊原、じゃあね」

その日、初めて僕は、彼女に別れの挨拶《あいさつ》をした。歩き出すが、彼女がついてくる様子はなかった。これで良い。僕は元の生活に戻り、早伊原も少しはおとなしくなるだろう。早伊原も真っ当な青春を送れば良い。心を許せる友を作り、部活に熱を入れ、恋愛に焦《こ》がれれば良い。それが正しい。今回のは、良いきっかけだった。

早伊原は真実に辿り着くことはなかった。僕が騙したような形になる。僕は嘘をつくことによって彼女に浅い事実を突き止めさせ、満足させた。丁度良い難易度だったはずだ。

彼女がこれ以上の深奥《しんおう》に辿り着くことはないと踏んでの事だった。プロポーズ事件でもカンニング事件でも、彼女は必ず僕を超えてきた。それを踏まえての仕掛けだった。それはすんなりと成功した。早伊原と関わっていると、こんなことばかりすることになる。

しかし、仕方ない。

僕と早伊原が付き合っていることが問題になっている、ということを知られたくなかった。普通ならここまで大きくならない。僕だからこそ、こうなったのだ。

そのきっかけは、僕の「体質」、そして過去へと繋がる。この事件そのものが大きなヒントになってしまうのだ。

僕は、どうしても早伊原には知られたくなかった。

だから、僕は彼女を全力で騙すと、そう決めていたのだ。

こうして、僕は早伊原と絶縁した。

さあ、真っ当な青春の始まりだ。

「…………」

夕陽が僕の影をぼんやりとのばしている。薄く延ばされた僕の頭は、今、彼女の足元に絡《から》まっているだろうか。

僕は頭の中で、自らの影を、原本のように破り捨てた。

閑話　早伊原との日常3

遠目に早伊原だと分かった。このままだと、廊下ですれ違うことになる。しかし、今更踵を返すのも意識しているみたいだ。結局僕は隣にいる浅田と話題を続けながら、そのまま歩みを進めた。早伊原も友人とにこやかに話していた。その話声は、僕と話をするときよりワントーン高かった。すれ違う。何もなかった。

四章

事件を引き寄せる「体質」を身に着ける方法

I

早伊原と絶交して一週間ほど経過した。生徒会準備室に行かなくなり、火曜と木曜の昼食会もなくなり、一緒に帰ることもなくなった。早伊原は後輩なので、教室の階が違うこともあり、顔を合わすことはあまりなかった。

その変化に、学校の皆は敏感に反応した。名前も知らない人達が僕の元へやってきて「別れたの？」等の質問をぶつけてくる。僕は何と答えるべきか一瞬迷ったが、別れたと言うことにした。理由は、性格の不一致である。バンドグループ解散の理由が全て「音楽性の違い」で片づけられるように、別れる理由だって全て「性格の不一致」で片づけられるのであった。それ以上の詳しい話は誰にもしなかった。皆、別れたと言うと満足そうに、時には笑みさえ浮かべて去っていく。「お前が浮気したんだし仕方ねぇよな」と言ってくる奴《やつ》もいたが、その時は必ず浅田が強く、かつにこやかに否定した。

早伊原も同じような質問をぶつけられているだろう。一体何と答えているのやら。しかし、早伊原に前より男子が近づいていることから考えるに、彼女も別れたと言っている、もしくは否定していないのだろう。

「なんか……別に何ともないな」

放課後、生徒会へ行くために荷物を鞄《かばん》に詰めていると、浅田がぽつりと言った。

「何ともって？」

「お前に対する悪口も減ったっていうか……別れたくらいじゃ止まらないと思ったんだけどな」

それは僕も同感だった。

浅田が駆けずり回る必要もない。僕への不満を一番に溜《た》め込んでいた大槻が早伊原にアタックをかけることで忙しかったり、ゲーム集団の佐古田が「くだらん」と言ってその手の話題を一蹴《いっしゅう》したり、クラス内を牛耳っている女子集団リーダーの智世《ともよ》さんが浅田に惚《ほ》れていて、僕を悪く言うと浅田の機嫌を損ねるから言えないなど、様々な要因はあるが、一番は――早伊原が以前よりも男子に対して随分と社交的になったことだろう。恋愛は面倒だったのではないのか。良く分からないが、良い傾向だ。彼氏でも出来るといいのだけれど。

「一件落着って感じだな」

「……そうか？」

浅田が横目で僕に疑問符をなげかけてくる。

「そうだろ。何か問題？」

「お前、嬉《うれ》しそうじゃないって。ほら、僕は生徒会行くから」

「……んなことないからな」

早々とこの話題を切り上げる。

僕と浅田の距離感は、以前とほぼ変わらなかった。

「そうか。俺も行くとこあるんだった」

「あれ？　そうなの？」

今日は軽音楽部は部休日だし、学祭実行委員の会議もないはずだ。

「まあ、いろいろな」

そう言って彼は「じゃあな」と言って教室から去った。

以前の彼ならどこに行くか言ったような気もする。腹の底に薄暗いものを感じたが、これくらいの距離感の方がいろいろとやりやすいのも確かだ。

僕の生活は何も変わらなかった。散々脅しをかけてきたくせに、ついに早伊原は何の噂《うわさ》も流さなかった。それとも、まだ準備中なのだろうか？　いや、こういうのは速攻性が大事だ。彼女は、どういう訳か分からないが、僕の謀反《むほん》に対する制裁を行わないことを決めたらしい。

だから僕の生活は、早伊原が入学してくる前と、何も変わらない。

「春一、くん」

背後から声をかけられる。振り向くと、森兎紗《うさ》さんだった。僕の生活は、正確に言えば少し変わった。森さんと過ごすことが多くなった。

彼女はおどおどとして、両手を組んで手をもじもじとさせていた。今回が特別こうというわけではなく、いつもこんな感じだ。目にかかった前髪の隙間《すきま》から、ちらちらと視線を向けてくる。

メールや電話のやりとりばかりだったので学校で話しかけられるのは意外だった。今は教室に僕と森さんしかいないからだろうか。

「どうしたの？」

「今日、一緒に帰ってもいい、かな？」

動きをぴたりと止めて、僕の目を覗《のぞ》き込む。

「そうだね……生徒会の後になっちゃうけど、いい？」

「待ってるね」

彼女ははにかんだ。最近、彼女と一緒に帰ることが多い。クラスの人には、乗りかえが早いだとかいろいろ言われているが、仕方がない。外から見た事実は、そんな風に見えるのだから。

「あ、それと、またちょっと駅前の方、寄りたいんだけど……」

「いいよ、付き合うよ」

「ありがとう」

どうせ暇だしね、と僕は返す。彼女は笑顔を作った。その笑顔に裏は感じられなかった。それじゃあまた後で、と僕は生徒会室に向かう。彼女は友人と図書室で時間を潰《つぶ》すらしい。好きなジャンルは青春や純愛もので、僕と趣味が合う。話も弾んだ。彼女は随分と明るくなった。高校に入ってからは、友達もおり、普通の女子高生になっている。

森兎紗さんとは、中学時代からの付き合いである。三年間、同じクラスであった。しかし、初めて話したのは、三年になってからである。

＊＊＊

書道部としての活動をしていると、クラスメイトが訪問してきた。僕は筆を置き、後輩たちの集中力を切らさないようにそうっと教室から出る。部長としてこういう気遣いは必要だった。教室から少し離れると、彼が嬉々《きき》として言う。

「いやぁ、助かったよ本当。俺、レギュラーになれたぜ」

野球部の彼は、隣のクラスの生徒だった。友人ではない。一週間前、僕の友人の紹介によって知り合った。彼は僕に相談してきた。内容は、「中学時代最後の大会なのに、このままだとレギュラーになれない。どうにかならないか」というものだった。僕は二つ返事でその相談、もとい依頼を引き受けた。

「そうか、よかったじゃん」

僕は彼の笑顔を見て満足した。内側からあたたかい笑みがこぼれた。

「それにしてもどうやったんだよ？」

「それはシークレット」

彼はそこまで知りたいわけでもなかったようで、あっさりとその話題を流した。

「本当、ありがとうな。この恩、一生忘れない」

「おー？　覚悟しとけよ。あとでたっぷり請求するから」

僕はおどけて笑う。彼は勘弁してくれとつられて笑った。

「大会、がんばれよ」

そう言うと、彼は刈ったばかりの坊主頭《ぼうず》を下げて去って行った。彼は誰よりも早く朝練に来て、誰よりも遅くまで練習をしている。休日は近くの公園で壁当てをやっているし、皆がサボっているきつい走り込みもやっている。彼ほど熱心な野球部員を僕は知らなかった。しかしそれでも、彼は野球が下手なのだった。先生の同情で補欠に選ばれているだけなのだ。

そんな彼に、晴れ舞台を作った。達成感があった。

どうやって僕が彼をレギュラーにしたのか。

レギュラー候補の三人がたむろして喫煙しているのを、こっそり野球部顧問に報告したのだ。証拠写真も添付した。匿名《とくめい》メールを使ったので、僕だとは分からない。無視されないように『もしこの彼らをレギュラーにしたら、教育委員会等に同様のメールを送る』と記した。喫煙問題がおおっぴらになった場合は、最後の大会すらなくなってしまうところだったが、この最後の大会の気合いの入れようは、顧問が一番知っていることであった。その点をついた仕掛けだ。

嚙《か》み合わない歯車を、様々な方法ではめる――その才能が、僕にはあるようだった。

三年間、僕はこのようなことを続けてきた。

財布を盗んだ犯人を突き止めたり、生徒会選挙の票を誘導したり、クラスの平均点を上げたり、暴力教師を辞めさせたり、ゲームセンターに出現するカツアゲ高校生集団を排除したり――それを全て、秘密裏に、僕だと分からないような方法でやってきた。しかし、一部では僕がそういうことをしていると知っている人物もいて、その大半は僕が過去に助けたことがある生徒であり、口伝《くちづ》てでトラブルがどんどん僕の元へ集まってくるのだった。

僕はそれを解決する日々を送っていた。もちろん、正義でないことはしない。例えばカンニングを手伝ったり等だ。今回のパターンも、彼が誰よりも一生懸命練習しているから引き受けたのだ。そうじゃなかったら、やっていない。僕はあくまでも、バランスを保つために行動しているだけだ。

僕は一度廊下へ出たことだし、ついでに教室まで忘れ物を取りに行こうと思った。異変に気付いたのは、教室の入り口でだった。中から、声がする。談笑ならば普通に扉を開ければよかったのだが、不穏な空気が漏れていた。こっそり中を覗く。

教室の前隅、自分の席に、森兎紗さんは座り、何やら宿題をしているようだった。教室の対角線上には、六人の男子。

「いやー、本当役に立つよな、ネクラって」

リーダー格の辻浦《つじうら》が言った。それに仲間の一人が相槌《あいづち》を打つ。

「宿題、全部やってくれるって、確かになぁ。超良心的だわ」

けらけらと、乾いた笑い。森さんは反応せず、黙々と書き続けていた。

「ネクラって、ネクラなだけじゃなくてガリ勉だったんだな、なんかカビ生えそう」

「カビとか超ひでえ！」

どっと場がいやらしい笑いで盛り上がった。しばらく「ネクラの触れたものにカビが」とか「冷蔵庫の中で腐ったネギのにおいがそっくり」だとか、悪口が羅列されていった。本人の前で。

それを締めくくるように、にやにやとその話を聞いていた辻浦が言った。

「つーか、じゃあさ、これからの宿題も全部頼むわ、マジで」

森さんは、その言葉を聞くと振り返り、にへら、と笑った。それは、了承の意なのだろうか。

「じゃあな、ネクラ」

そう言って、彼らは廊下に出てくる。僕は廊下のロッカーの前にしゃがみ、忘れ物のノートをロッカーから黙々と取り出す。六人が僕の姿を見つけて一瞬止まったのが背中越しに分かった。

「よお、矢斗《やと》」

僕は振り返り、声をかけてきた辻浦を見据える。そして笑顔を作った。

「おう、どうした辻浦」

僕の笑顔を、安心と受け取ったのか、辻浦も特徴的なたれ目を線にして笑った。

「ネクラが宿題全部やってみてくれるみたいだぞ。お前もどうだ？」

「マジか。お得だな、全教科いいのか？」

僕の答えを聞いて、「お前エグいな」と辻浦は笑顔を深めた。癪《しゃく》に障《さわ》る表情だったが、僕は表情にその気持ちを反映させなかった。軽い挨拶《あいさつ》をして、彼らは去って行った。僕はどんな人物とも円滑な人間関係を築いていた。そっちの方が、便利だからだ。

教室に入る。さっきの会話は森さんにも聞こえていたはずだ。黙々と一直線に彼女の元へ向かう。彼女はきょとんとして僕を見つめていた。僕は微笑《ほほえ》んで言った。

「森さん、手伝うよ」

「い、いいよ……」

彼女は目を伏せる。

「そうか、いいか、ありがとう。丁度勉強したかったんだ」

僕は彼女の机の上にある六冊のワークのうち、三冊を奪い取る。

「あ、えと、いいよって、そういう意味じゃなくて……」

彼女の尻《しり》すぼみ的な声は聞き取りにくい。しかし、言わんとしていることは分かった。

その上で無視した。

「明日の朝、やったやつ、君の机の中に入れとくよ」

彼女は何かまだ口籠《くちごも》っていたが、僕は「じゃあ」と、教室から去った。そのまま教室で彼女とワークに勤《いそ》しんでもよかったが、クラスメイトに見られる危険がある。

僕は森さんへの本格的ないじめが始まったと思った。そのいじめられっ子と仲良くすることは、今後の依頼解決に必須《ひっす》な、円滑な人間関係にヒビを入れることになるだろう。だから家でやり、こっそり彼女の机に忍ばせておくのがベストだと判断したのだ。

僕はいつも裏方。表に出てはいけない。何をするにも、こっそりだ。

森さんは前々から男子にからかわれている節があった。ネクラと呼ばれているのも知っていた。僕はそれを見て見ぬふりをしていた。難しい問題だからだ。それに、僕が出ていくような問題でもないと思った。

しかし、僕のその考えは覆《くつがえ》ることとなった。

次の日の早朝。誰にも見られない時間に彼女の机にワークを入れようとした、その時。森さんの机に辛辣《しんらつ》な言葉がびっしりとマジックペンで書き殴られているのを発見した。

呼吸が荒くなるのが分かった。指先が震えた。目を見張り、一つ一つの言葉を読む。

その度にかあっと何かがこみ上げるのが分かった。

どうしてこんなことをするのか。森さんが何をしたというのか。誰にも迷惑なんてかけていないじゃないか。彼女に何の恨みがあるんだ。彼女がこれを見たらどう思うだろうか——。

不快だった。この行為に、一体どんな意味があるというのか。僕の中で、何かのスイッチが入るのを感じた。

僕は誰も来ないのを確認し、急いで彼女の机の上を雑巾《ぞうきん》でこすった。なかなか落ちない。油性マジックだった。「死ね」、その言葉を消しながら、僕は決意した。

報復しよう。

僕は初めて、誰にも依頼されていないのに行動することにした。

2

森さんは高校になってから前髪を短く切った。それもあり、いくらかは明るい印象になっていた。この前会う時なんかは髪を巻いてきたし、服の色も暖色系になっていた。彼女は変わった。しかし、じいっと何かを見つめる時、ふと昔の彼女を思い出すことがある。

僕らは帰りに駅前エリアをぶらついていた。学校から一番近い雑貨屋は万引きで潰れてしまったので、駅前の雑貨屋に来た。今は商品を物色している最中である。この雑貨屋に来るのは久しぶりであり、商品もがらっと入れ替わっていた。

「春一くん、これすごくない？」

森さんが、見つめていた商品を僕に見せてきた。それは、針が必要ないホッチキスらしかった。両手に持ち、かちゃかちゃとカニのはさみのように動かした。彼女は悪戯《いたずら》そうに微笑んだ。

「すごいね、これ。どうなってんだろ」

こういう見知らぬアイテムを発見するのが、雑貨屋めぐりの醍醐味《だいごみ》である。僕は試し紙二枚をホッチキスで挟んだ。紙の一部が切られ、折り込まれることによってはずれにくくなる仕組みだった。結構、感動した。

「へえー、よく思い付くなぁ、こんなの」

「だよね、だよね」

森さんがホッチキスをぱちぱちと鳴らして同意する。

「よし、今度からは君が育てた花には、その証《あかし》としてこのホッチキスで花びらに穴をあけよう」

「花……？」

森さんが小首を傾《かし》げる。

しまった。つい、早伊原とのノリになっていた。

僕の脳内では、「私の物という証ですか。じゃあ先輩にもやらなくちゃいけないですね。もちろん皮膚ですよ」と返ってくる予定だった。そこで僕がすかさず、「なんだよ。僕が欲しいのか？　悪いが君の気持ちには答えられない」と返事をし、彼女が「愛の全てを吐露してから返事をしてください。ほら、いきますよ、キスマークみたいなものですから」と言いながら僕の腕を強引に摑《つか》んでホッチキスを――と続く。

「あ、いや、何でもない」

僕はその想像――幻想を振り払う。

「花びらに穴なんかあけたら、かわいそうだよ？」

「……ああ、そうだな」

彼女の困ったような笑みを見て、僕はホッチキスを置く。店内の客一人が出て、自動ドアが開く。僕と森さんの間に小さな風が吹きぬけた。

ふと、視界の隅に見た事のあるような人物が映った気がした。店内を見回してみるも、見知った影はない。気のせいだろうか。最近、誰かに見られている気がすることがある。

今日はそろそろ帰ろうか、そう提案するも、森さんが嫌がった。その後、ゲームセンターに行くことになった。僕はそれとなく断ろうとしたが、彼女は引かなかった。こういうところが、彼女は変わったと思う。僕にはそれが、良い変化だと思えた。

＊＊＊

報復すると決めてからは早かった。

その日、クラスは妙に騒がしかった。登校して、教室の扉を開けるまでもなく、僕は自分の作戦が成功したことを知った。

「おはよう」

何食わぬ顔で教室に入ると、クラス中の視線が僕に突き刺さった。僕がきょとんとした顔をすると、視線は散り散りになる。僕は首を傾げて、自分の席についた。すぐにクラスメイト数人が僕に声をかけてくる。

「おい、春一、お前なんか知ってるか？」

「何が？　……何かあったのか？」

僕が心配そうに聞くと、それぞれが目配せし、小さく頷《うなず》いた。

「辻浦の机に、ラクガキされてたみたいなんだよ」

僕は辻浦たちを見る。始業の十分前だったのでほぼ全員が登校しており、辻浦グループは全員揃《そろ》っていた。辻浦は、苦虫を嚙み潰したような顔をし、ただ座っていた。その周りにはいつもの面々がおり、彼に話しかけているが、無視するか、生返事するかだ。

その様子から、もうラクガキは消されたようだった。

「ふうん……ラクガキって、どんな？」

「いや、俺も詳しくは知らん。というか、見せてもらえんかったし」

「ひどいことするやつも、いるもんだね」

僕は心底残念そうな表情を浮かべ、しかし、心の底ではほくそ笑んでいた。

自分の行為がそのまま返ってくる気分はどうだ、辻浦。彼は犯人が分からない。直感的に森兎紗の仕業だと思ったかもしれない。しかし、そうでないと結論付けたのだろう。だから動けない。

森さんは、自分の席で読書をしていた。クラスの喧騒《けんそう》は耳に入らないようだった。僕はその姿を見て満足する。

「犯人、誰だろうな……」

一人がそっと呟《つぶや》くように言った。それに隣の生徒が反応する。

「森、じゃないか？　あいつ、ほら、最近、辻浦たちに絡《から》まれてたし……何考えてるか、分かんないしな」

「いや、違うよ」

僕は少し声を大きくしてそれを否定した。森さんを擁護したように聞こえてしまったかもしれない。僕は追加で説明する。

「森さん、結構いつも登校するの、遅いし。やるとしたら、朝早くに登校したやつ……もしくは、放課後遅くまで残っているやつ……例えば、運動部の部員とか、じゃないかな」

これで、僕が彼女を擁護しているというニュアンスは消えた。かつ、クラス内に疑念を植え付けた。

僕は辻浦の席に近づき、取り巻きをくぐって声をかけた。

「辻浦、聞いたよ。大変みたいだな」

「あぁ……矢斗か」

辻浦は、僕にだけは力ないながらも笑顔を向けた。僕を取り巻きのように軽く見ておらず、対等に話をすべき相手だと思っている証拠だった。

「気にすんなよ。そういうくだんないことするやつ、相手にすることないよ」

「……だよな。サンキュ。そう思ってたところだ。……気にしないことにする」

彼はそう言って形だけ笑うが、まだ気にしているようだった。こういう瞬間、僕と彼はとても似ているのではないかと思うことがある。なぜか、どうしてか、それは分からないが、僕と辻浦は似ている。フィーリングでそう思う。もちろん、嬉しくもなんともない。

森さんの机にラクガキがなされていた日、僕は早朝にそれを消した。僕はあの日、誰よりも早く登校していた。それなのにラクガキがあったということは、辻浦が彼女の机にラクガキしたのは前日の放課後ということになる。辻浦は、バスケ部の朝練のために早くに登校する。とは言っても、十人ほどが既に来ているような中途半端《はんぱ》な時間だ。ラクガキした次の日、彼は登校し、前日にやったラクガキが消えていることに気付く。森さんの登校時間はいつもぎりぎりだった。森さんはまだ登校していない。それなのにラクガキが消えている。

つまり、森さんは自分の机にラクガキがされたことを知らない。

それなのに、数日してこの仕返し。

ラクガキのことを知らない森さんが犯人なわけがない。犯人候補としてあがるのは、ラクガキを消した犯人――つまり、辻浦より早く学校に来ていた人物に絞られる。特別教室棟のトイレの個室で本を読んで時間を潰し、ぎりぎりの時間に登校したと見せかけた僕はそこには入っていない。

彼は、森さんをいじめていることを気に食わない不特定の誰かがいることに、疑心暗鬼になっている。これで、いじめはなくなる。

完璧《かんぺき》なプランだった。

その、はずだった。

放課後。良い字が書け、今日はそれ以上良い字が見込めなかったので早めに部活を切り上げた僕は、帰宅しようと下駄箱《げたばこ》に向かった。そこで、きょろきょろしている、見覚えのある女子生徒を見つけた。森さんだった。僕は近づいて声をかける。

「どうしたの？」

「あっ、矢斗、くん……」

「春一《はるいち》でいいよ、どうしたの？」

「春一、くん……この前は、ワーク、手伝ってくれて、ありがとう」

彼女は行儀良く頭を下げた。

「いや、そうじゃなくて、何か探してたみたいだけど」

彼女は気まずそうに口を噤《つぐ》んだ。僕は、頭の中で最悪の展開を思い浮かべていた。しかし、すぐにそれを追い払う。そんなわけはない。僕は綿密に、隙のない計画を立て、その通りに実行した。してみせた。裁かれる悪は裁かれ、救われる者は救われた。そのはずだ。

「外履きが、ね……ないの」

でも、その一言が、現実だった。

「……探すよ。一緒に」

「い、いいよ、そんなの。春一くんまで、嫌われちゃうよ？」

僕はそれを無視して、外履きを探した。もちろん誰にも悟られないように行った。しばらくして、森さんが、特別教室棟のゴミ箱から自分の外履きを発見した。

嫌な予感がした。

次の日、僕は再び誰よりも早く登校した。朝練の連中よりかだ。僕は予感を無視できなかった。

「……」

森さんの机に、マジックペンでラクガキがされていた。歯ぎしりをした。何度もその場で舌打ちをした。

「くそっ！」

机を殴った。手加減しなかったので骨に嫌な痛みが走ったが、そんなことは気にならなかった。

理由のないいじめを止めるのは、想定以上に難しいことだと知った。あれくらいのダメージでは、彼らを止めることはできない。

それから毎日、僕は彼女の机のラクガキを消すために早朝に登校した。さすがに毎回消えていると辻浦も怪しむのではないかと心配して対策を考えたが、杞憂《きゆう》に終わった。彼は、自分の机にラクガキをした犯人に興味がないのだろうか。それとも、単にここまで頭がまわっていないのか。

彼女の外履きは定期的になくなったので、その時はこっそりと一緒に探した。外履きを探しながら、肩が震えるのが分かった。自分の無力を呪《のろ》った。でも――決して諦《あきら》めはしなかった。この数日、ずっと考えていたことがあった。

そうして、数カ月が経《た》った。

十月に入った。卒業まであと少し。つまり、高校入試まであと少しということになる。

高校入試には、前期試験と後期試験があり、前期試験はいわゆる推薦だった。学校で良い成績の生徒を学校が推薦し、高校で面接、論文などを通して入学を決定する方式だ。推薦がもらえた生徒はほぼ合格する。そして辻浦たちは、先生の前では良い子であり、成績も良かった。確か全員、藤ヶ崎《ふじがさき》高校の推薦を狙《ねら》っていたはずだ。僕らの中学からは毎年十人ほど推薦で藤ヶ崎高校に行っている。藤ヶ崎高校は地理的な要因で人気がないが、県内では有名な進学校だった。

推薦の申し出期間がそろそろ始まる。

同じことをやり返されてもいじめを止《や》めないのならば、それ以上のことをするだけだ。何としても、彼らのいじめを止める。それは正義感――とは少し違った。意地のようなものだ。いつも僕は自分の思い通りにクラスや学年、そして学校さえも動かしてきた。辻浦の好き勝手を許せるはずもない。

僕は携帯電話のバッテリーと、動画の撮影時間について検証し、この作戦が可能であると判断した。計画を練り、実行するだけとなった。

3

「ねえ、春一くん。一緒にプリクラ、撮ろう？　い、いいかな……」

ゲームセンターまで歩いている途中、森さんが言う。

森さんと僕の歩く時の距離は、僕と早伊原との距離よりも少し近かった。繋《つな》ごうと思えば、いつでも手を繋げる距離だ。たまに手の甲が触れて、ドキドキした。

「プリクラ？　どうして？」

「どうしてって……、もう、そんなの、撮りたいからだよ」

森さんは唇を尖《とが》らせた。早伊原と違って、それは可愛《かわい》らしかった。僕と森さんは、高校一年の頃は、全く話さなかった。廊下ですれ違えば会釈《えしゃく》する程度だ。クラスも違ったたし、きっかけもなかったからだと思う。それに、辻浦の捨て台詞《ぜりふ》もあったし。それを気にして僕に近づいて来なかったのだ。

しかし二年になり、僕と同じクラス、真後ろの席になり、――早伊原が現れた。森さんは僕と早伊原の真実の関係を知らない。ただの恋人だと思っているだろう。その頃から僕に話しかけてくるようになり、一緒に出掛けることもあった。でもその頃は、たまにだった。こうやって二日に一回は誘われるようになったのは、早伊原と別れたという噂が出回ってからだった。

僕も楽しんでいた。だってこれは、僕が夢にまで見た、真っ当な青春の日々だからだ。

「いいよ、プリクラ。撮ろう」

「ほんと？　よかったぁ」

彼女は大袈裟《おおげさ》に胸を撫《な》で下ろした。

森さんは、自分の感情を表に出すようになった。それが、羨《うらや》ましい。今どういう反応をしたら、どう思わせることができるか、僕はそればかりを考えていたために、今も自然な感情をそのまま言葉にするのが難しい。もしかしたらできているのかもしれないが、違和感がある。まるで、自分の弱点を晒《さら》してしまっているかのような、不安。それが付きまとうのだ。

ゲーセンの入り口が遠目に見えてきた時、とある二人が目に入った。

「あっ……」

その瞬間、音という音が消え、瞬《まばた》きを忘れた。

ただ目の前の二人を、知覚し続けることに精一杯だった。

ゲーセンから出てきた二人は僕らに背を向けて並んで歩いていった。二人のうち一人は早伊原樹《じゅ》里《り》であり、もう一人は他校の男子だった。

ようやく彼氏を作ったのか。いや、まだ付き合ってはないのかな。僕と早伊原が絶交してから一週間しか経っていない。付き合う前段階なのかもしれない。よかった。彼女は真っ当な青春を進もうとしている。僕を忘れると共にミステリも忘れたか。

それでいい。それでいい。それでいいんだ。それでいい。全く文句一つない。ベストだ。最高だ。

「……」

もやもやと、心に霧がかかる。自分でも自分が何を思っているかよく分からない。ただ、彼女が男と歩いているのを見て――少し、何かを思ったみたいだった。嫉妬《しっと》？　まさか。今まで彼女が男子と話しているのを見てそう思ったことはなかった。むしろ誰かと付き合えと本気で思っていた。だからこれは懐古の気持ちだろう。かつて隣を僕が歩いていたことを思い出して懐《なつ》かしく思ったんだ。懐かしいと言っても、一週間前の話だが。

　まあ、こんなのは一時的なものだ。またすぐに慣れる。彼女がいた日々にすぐ慣れたように、いなくなった日々にもすぐ慣れる。大丈夫だ。

「――くん？」

「え？」

　森さんが、歩みを止めた僕の目の前に立ち、手を掴んだ。それによって我に返る。

「大丈夫？　どうしたの？　……誰かいた？」

　心配そうに、僕を覗き込む。思ったよりも顔の距離が近くて、僕は目を逸《そ》らした。

「ご、ご、ごめんなさい」

　向こうもぱっと離れる。手も離れた。

「ごめんね、森さん。何でもないよ」

　森さんとの会話で早伊原を出したことはない。向こうも触れてこない。それなら今も触れない方がいいのだろう。

「本当？　具合悪そうだよ……？」

　上目使いが可愛らしかった。

「何だろ、寝不足かな。……まあ大したことないよ。ほら、プリクラ撮るんでしょ？」

　先に立ってゲームセンターに入る。格闘ゲームの台には、西宮と佐古田の姿があった。西宮は塾が始まっているはずだが、どうやらサボっているらしい。いつの間にか、彼らのポジションは向かいではなく、隣になっていた。あの座り方は、四人対戦の時の、チームを組む時のものだ。どうやら佐古田は師事する側ではなく、チームメイトになったらしい。上達したのだろう。

僕はその姿を一瞥《いちべつ》するだけに留め、森さんとプリクラ機に入った。

＊＊＊

「おい、ネクラ、何読んでんだよ」

昼休みが終わりに近づいた頃、自分の席でひっそりとカバーをかけた文庫本を読んでいた森さんに辻浦が近づいた。

「え、えっ……しょ、小説、だけど」

「はあ？　んなこと分かってるっつーの。馬鹿《ばか》にしてんの？」

辻浦はへらへらと笑って、森さんの本を取り上げた。

「あ、やめて……」

教室内が一瞬静まる。しかしすぐに元の喧騒に戻った。こういった風景は、もはや日常のものとなっている。僕は友人と会話しながら、それとなく観察していた。

辻浦が本屋でかけてくれる簡易カバーを剝《は》ぎ、本のタイトルを読み上げてから言う。

「うわー……こいつ、恋愛ものとか読むのかよ」

辻浦の取り巻きがどっと沸き、教室のあちこちからくすくすと笑う声が聞こえてきた。教室そのものが嘲笑《ちょうしょう》しているようだった。森さんは耳を赤くし、背中を丸めていた。僕はただ眺めるだけで、何もしなかった。

しかし、その翌週には、ぴたりといじめは止まっていた。それどころか、辻浦たちは学校を休んだり、変に苛立《いらだ》っていたり、明らかに様子がおかしくなっていた。グループ内でも喧嘩《けんか》があったようである。今週の金曜日までが、推薦申し出期間だ。辻浦たちはどうやらそのことで悩んでいるようだった。

その週の水曜日、僕は辻浦に呼び出された。

放課後、体育館に行くと、辻浦は引退した身であるにも拘《かか》わらず、現役生に混じって部活をしていた。時折声を張り上げ、後輩に活を入れているようだった。僕に気付くと、彼は練習を抜け出し、体育倉庫へと僕を案内した。石灰のにおいが充満し、肌寒かった。僕らは積んであるマットに座った。

「どうした、こんなところに呼び出して」

心拍数が上がっている。はかるまでもなく自分の心拍数が分かった。辻浦はなかなか話を切り出さない。僕は自然と再び声をかける。沈黙を続けていたくなかった。

「相談なら、何でものるよ？」

そう言うと、彼は視線を彷徨《さまよ》わせて、やがてポケットから茶封筒を取り出した。

「これ、なんだけど……」

彼と一瞬視線を合わせてから、僕はその茶封筒の中を見た。中に入っていた紙を取り出す。三つ折りにされた紙には、クリップで写真がくっついていた。その写真は――この前、彼が森さんから本を奪い取っているところの写真だった。取り巻き全員が笑っている横顔もくっきりと写っている。彼の凶悪そうな笑みと、森さんの悲痛な顔を対比させた構図だった。

「これって……」

僕は驚いた声をあげ、三つ折りにされた紙を開いた。そこにはこう印字されていた。

『辻浦慶、他八人。お前たちの森兎紗に対するいじめの証拠を録音、撮影、録画し、それらを藤ヶ崎高校に郵送した。』

僕はそれを音読してから、彼を見やる。辻浦は苦笑いした。

「これ、犯人、調べらんないかな」

辻浦も、僕がこういったことをしているということを知っているらしかった。

「犯人、か。そうだな……」

僕は写真を見る。角度的に、教室の隅にあるストーブの物陰から撮影されたものだと考えられた。

「誰かが仕掛けてたんだな。一応調べてみるけど、これはちょっと、時間かかるかも」

僕がそう言うと、彼は懇願した。

「それは困る。金曜日までに頼む」

「金曜って明後日じゃん、さすがに急だな」

辻浦は、頼む、と頭を下げた。

「できるだけのことはするよ。……でも、犯人が分かったとして、どうするつもり？」

どうせ殴る蹴《け》るだろう。そう答えたら、僕は拒否できる。そういったことに僕は関わりたくない、そう言えばそれで済む話だった。しかし、彼は答える。

「本当に藤ヶ崎高校にこういったものを郵送したか聞く。んでとっちめる」

「……と、言うと？」

「犯人の狙いは推薦を消すことだろ。もしそうなら、わざわざこんなもんこっちに知らせてこなくても、推薦の結果が出れば分かることだ。知らせてくるってことは、これがただの脅しって線もあるってことだろ」

彼はよどみなく言った。こういったところが、僕に似ていると思う。

正直言って驚いた。そういう突っ込みどころに気付く冷静さを失っていると思ったし、そもそもこれに気付くようなら、毎朝森さんの机を綺麗《きれい》にしている犯人に辿《たど》り着くだろうと思った。僕は彼を侮《あなど》っていたらしい。

「確かにそうかも……でも、犯人が証拠を持ってるっていうのは、本当みたいだね」

「そう、そこだよ。そこが問題。もし文章だけなら無視してた。でも写真が入ってる」

辻浦は考えるように俯《うつむ》いて、はあっと息を吐いてから続ける。

「……もしかしたら、犯人は、段階的に仕組んでるかもしれん」

「段階？」

「ああ。……今週の金曜日が推薦申し出締切。それまでに推薦受験先を藤ヶ崎高校から変えなかったら……本当に郵送する」

「それだったら、今の段階で郵送されててもおかしくないんじゃないの？　何のために段階を設けるんだよ」

辻浦は僕の言葉を聞き、考えても見ろよ、と言った。

「こんなもん郵送したら、この中学全てのイメージが終わる。そうなると、これからの藤ヶ崎高校の推薦までおじゃんになる危険がある。影響がでかい。こいつはあくまでも、こっちグループのみの藤ヶ崎高校推薦をやめさせたいんだ。犯人はできれば、郵送したくない……んだと思うんだけど……どうだろ」

「……なるほど」

素直に感心した。なぜなら、それが僕の作戦の全てだったからだ。一通茶封筒を机に忍ばせただけで、ここまで考えが読まれるとは思わなかった。辻浦が再びため息をついて言う。

「親が両方とも藤ヶ崎高校出身でな。当然のように行くことになってんのよ。受験あそこむずいっしょ？　だから推薦でもないとなかなかな。……だから、頼む」

僕はその依頼を受けた。そして形だけの調査をして、結局犯人が分からなかったと報告した。彼は大変悔しそうにして、物に八つ当たりしていた。

辻浦グループは結局、藤ヶ崎高校の偏差値に五ほど届かない、桐丘《きりおか》高校の推薦を取った。貴重な推薦の機会を無駄にはできない。犯人が本当に藤ヶ崎高校に郵送した危険があるために、藤ヶ崎高校の推薦は断念せざるを得なかったらしい。

これで、万が一のための証拠類を使う必要はなくなった。古い携帯やビデオカメラなどを総動員し、放課後の下駄箱や放課後から早朝にかけての教室の録画、クラス内での森さんを罵《ののし》る会話の録音など、がんばって集めたのだが。

まあ、録画時間が長くて実際に郵送する際には編集しなくてはいけないだろうし、それも面倒だと思っていた。実際、中身の確認さえしていない。あくまで万が一のためのものだから、これでよかったのだ。準備していたことに意味がある。無駄ではない。

こうして僕は、辻浦グループの受験先を操作したのだった。涙を流し悔しがる彼を心配し、背中を優しく叩《たた》きながら、心の中ではざまあみろと嘲笑《あざわら》っていた。

犯した罪は何らかの形で返ってくる――というのは嘘《うそ》だ。ルールは破ったもん勝ちだ。匿《とく》
それがルールとさえ言える。しかし僕はそれを良しとしない。だから裁いたままでだ。

名《めい》を名乗り、世の中を代表して、然《しか》るべき報いを受けさせただけだ。これは悪いことではない。なぜなら、僕の良心は全く痛まないからだ。

全てが丸く収まり、解決した。今まで受けたどんな依頼よりも、達成感があった。悪を打倒したという実感があった。急遽《きゅうきょ》藤ヶ崎高校の推薦が減ったが、他の人は別の場所に推薦を決めていたし、内申点が皆足りていなかったために、藤ヶ崎高校の推薦を得た人物は結局ゼロになった。そして、後期試験で僕と森さんが藤ヶ崎高校を決めた。

しかし、まだ終わらなかった。

ぴたりと止まっていたいじめが、卒業間際《まぎわ》になって再び始まったのだ。しかも、激化して。

卒業式まで一週間――そんな日に登校すると、教室が騒がしかった。

理由は、森さんの机に、マジックペンでラクガキされていたからだった。皆が垣根のように森さんの机を囲んでいた。森さんはまだ登校してきていない。教室の後ろの方では、辻浦がけたけたと笑っていた。

――負け惜しみか。そう思い、僕は冷静に対処した。皆の前で森さんの机を雑巾で拭《ふ》くわけにはいかなかったので、そのままにした。僕にはどうすることもできなかった。

やがて、森さんが登校する。机を見て、彼女は一瞬驚いた顔をしたが、すぐに雑巾を手にし、拭き始めた。彼女の力では足りないのか、黒いインクがなかなか落ちない。それを何度も何度もこする。その姿がひどく痛々しかった。僕も手伝いたかった。でも……、やはり、どうすることもできなかった。

このいじめは卒業式まで続くのだろう。森さんに、最後の最後に嫌な思い出を残させてしまうことを、申し訳なく思った。だから、僕の今後の行動は当然のものだった。

次の日、僕は眠い目をこすりながら、朝一番に登校した。誰も来ないような時間にだ。自分の席に寄ることもなく、まっすぐ森さんの机に行く。

机の上は、惨憺《さんたん》たるものだった。以前とは比べものにはならないほどに荒々しく、ぐちゃぐちゃだった。

このいじめの激化は、僕にも関係している。僕にも、責任の一端がある。だからこそ――僕は彼女にできるだけ楽しく残り一週間を過ごしてもらうべきだと思った。

掃除ロッカーから雑巾を取り出し、廊下にある水道で濡《ぬ》らして絞る。彼女の机を拭き始めた。いつもより綺麗にするのは大変で、時間がかかりそうだった。しかし、相当に早く来ているので問題はない。廊下から足音もしない。僕は一回動きを止め、腕を休ませる。少しして、すぐに再開した。

ガラ――。

ひっかかりのある金属のローラーが複数個回る音。すぐに教室のドアが開けられた音だと気付いた。反射的に振り返ると、そこには辻浦慶が無表情で立っていた。

辻浦がドアを開けてから、何時間も経った。僕らはぴくりともお互い動かなかった。視線だけ時計へ目を向けると、一分も経っていなかった。

「お、……おはよう」

沈黙を破ったのは、かろうじて僕だった。

「……何してんの？」

辻浦が無表情のまま言った。無表情の裏にある感情を読み取ろうとするが、まるで分からない。顔にまるで力が入っていなく、石像のようだと思った。

「あー……」

考える。言い訳を考える。ここで森さんの机を拭いていたことがバレるのはまずい。彼女に味方していると宣言しているようなものだからだ。

「何してんの？　……何してんだよ。…………なあ、聞いてんだろ？」

変わらず無表情だった。僕は手の中の雑巾を見つめる。視線を動かすことができなかった。

「あぁ、机、拭いてた」

頭の中が真っ白になる。思考を始めようとする端から崩れていく。

「お前か？」

「…………」

唐突な質問だが、何を聞いているか分かった。

はぐらかそうとした。しかし、どうにもできない未来しか想像できない。そもそもこの状況は、彼が罠《わな》をはっていたということだ。卒業一週間前になっていじめを再開させたのは、犯人捜しのためだ。そして犯人である僕は罠にかかり、彼は犯人を見つけた。

「お前って、ことだよな？」

「…………そうだよ」

そう言った瞬間、今まで無表情だった彼の顔がぐにゃりと歪《ゆが》んだ。距離を詰めてくる。僕は逃げなかった。

がづん、という鈍い音が体内に反響する。平衡感覚を失い、その場に崩れ落ちた。目を開けた瞬間、目の前に足の裏があった。首が飛んだかと思うほど強く蹴られ、頭を机の支柱にぶつける。鼻血が噴出した。無抵抗に僕は数発蹴られ、次は椅子《いす》を振り下ろされた。腕で防ごうとするが、勢いを殺しきれずに椅子の先が額に食い込む。額から血がどばどばと溢《あふ》れる。数分間、僕はそうやっていたぶられ続けた。

聴覚が戻った頃、彼を見上げると、辻浦は再びあの無表情に戻っていた。

僕を見下ろして言う。

「いいか、矢斗春一。お前のこれからの高校生活を灰色にしてやる。部活に入るな。親友を作るな。恋人を作るな。これを破ったら、お前の人生を終わらせる」

「……」

「本気だ。仲が良い知り合いの何人かが藤ヶ崎高校に入学する。お前は三年間、ずーっと監視されてんだよ。いいか。部活に入るな。親友を作るな。恋人を作るな。それを守って、――せいぜい高校生活をエンジョイしろよ」

彼はそのまま教室を出て行く。

感情の発散に終わらない復讐《ふくしゅう》。母の目の前で子供を嬲《なぶ》り殺すようなやり方。彼は奪われたものを、僕からも奪って見せたのだ。

僕は、こうして青春を奪われた。

やってしまった。しかし、これは僕のミスが招いたことだ。仕方がない。後悔したり、深く傷ついたり、そういうことはなかった。ただ、失敗したなぁ、と思うだけだったのだ。反省点を書き出して、次に繋げよう。

体が痛む。ぐったりとしてそのまま目をつむり休もうとすると、教室の入り口に誰かが立っていることに気付いた。辻浦が戻ってきたのかと思ったが、そうではないようだった。女子だった。足を震わせている。

「矢斗、くん……？」

そう言って、おそるおそる僕に近づいてくる。僕が殴られるのを見ていたのだろうか。普通ならこの状態を見たら叫んでしまいそうだ。人が死んでいると思うだろう。それくらいの出血量だった。

「矢斗くん！」

森さんがしゃがみ、僕の肩を摑んで涙をぽろぽろと流していた。

「だから、春一でいいって」

そう言って笑った。唇が切れて血が垂れた。こりゃあ、だめだ。

「ごめんね、矢斗くん……！　こ、こっ、こんな、こんなことになると、思わなくて！」

「あー、ティッシュ、いや、トイレットペーパー持ってきてくれない？」

「矢斗くん！　私の、ために……本当に、ごめんね……。ごめん、ごめんなさい」

僕は、作戦のことは何も彼女に言っていない。しかし、どこかで気付いていたのだろう。そりゃあ自分をいじめるいじめっ子たちが全員志望校を落としたりすれば気付くか。

何だかこういうのは、バレると格好悪い。

「そんなことはいいんだよ。別に君のためにやったわけじゃないし」

「ごめんなさい、ごめんなさい、ごめんなさい、ごめんなさい、ごめん、なさい……」

彼女は嗚咽《おえつ》を漏らし、顔を覆《おお》って俯いてしまった。指の間から漏れた涙が血だまりに垂れ、吸い込まれる。

泣く必要はない。僕は本当に、彼女のためにやったわけじゃない。彼女のことなんて、二の次だった。僕はただ、自分の信じたことを貫いただけだ。彼女を助けたいというよりも、このいじめを何とかする、ということを考えていた。

「いや、本当。頼む、トイレットペーパーを、トイレから、持ってきてくれ」

僕はゆっくりと立ち上がろうと地面に手をつくが、瞬間、腕に激痛が走る。ずりん、という音が腕の中から聞こえた。骨がズレたようだ。ということは、折れている。

彼女をなだめ、僕と彼女で血だまりを処理した。ぎりぎりで皆が来る前に処理し終えた。僕はその日、早退した。一つも授業に出ていないから欠席でもいいだろう。

気付き、激しく後悔したのは、それから数日後だった。

4

プリクラを撮った後は、本屋に寄った。森さんは恋愛小説を立ち読みしていた。立ち読みなのに、すごい集中力で、ページに食い付いていた。

「森さん」

僕が呼んでも気付かない。

「おーい」

「ひゃういっ」

耳元で言うと、彼女は変な声をあげて二、三歩後ずさり、そのままとてん、と尻餅《しりもち》をついた。目を丸くしている。他の客が彼女に注目していた。

僕は笑って手を差し出す。

「あはは、そんな驚くとは思わなかった」

「も、もう……春一くんって、いじわるだね」

彼女は顔を赤くして唇をとがらせながらも僕の手を掴んだ。ぐいっと引っ張り上げる。彼女は思ったよりも軽く、結果として、僕らは思ったよりも近づいてしまった。彼女がぱっと離れる。

「え、何、僕って体臭きつい？」

僕が二の腕あたりを嗅《か》ぐと、彼女は急いで否定する。

「ち、違うよ。そんなんじゃないよ」

「そうか」

「そうだよ」

「……じゃあ、そろそろ店出ようか」

「うん、……そうだね」

森さんの変化は高校デビューというやつだろう。

辻浦は高校に僕の噂《うわさ》ばかり流した。おかげで僕は高校デビューどころではなかった。辻浦が藤ヶ崎高校に流した噂。それは、僕が陰湿なやつだという噂だ。中学時代に解決した数々の問題は、全て僕が原因ということになっていた。

そして一年前の四月。最初のミステリが僕を襲った。クラスメイトの財布が僕の机の中に入っていたのである。めでたく僕が犯人となった。彼の言葉がこけおどしでないことが証明された。

あれからだ。皆が、僕にかこつけて何かをしようとしてくるようになった。皆の思惑が僕の元に集まる。何かを実現するために僕をダシに使おうとしてくる。全ての責任を僕のせいにするトリックを考え始める。

そうやって、僕の周りにミステリが集まるようになった。

——それが、僕の「体質」の正体だ。

結果、僕には親友もおらず、恋人もいない。部活は最初から入る気がなかった。彼の言いつけはこうやって、守っている。

守らされている。

僕は結局、彼に怯《おび》えているんだ。口では何と言おうとも、彼の無表情が怖い。次の行動が読めない、あの表情が怖い。僕の過去の過《あやま》ちが怖い。僕はもう彼とは関わりたくなかった。会いたくなかった。僕の過ちが生み出した怪物は、放置することにした。

僕は、どうしようもなく臆病者《おくびょうもの》だ。

「春一くん」

本屋から出ると、彼女が上機嫌そうに声をかけてきた。本当にそろそろ帰ろうと思っていたのだが、この様子だとまだ付き合った方が良さそうだ。

「そこの公園、ちょっと寄ってかない？」

「公園？」

「お話、しよ」

中心街の外れには、公園があった。広い公園であり、それは公園というよりも広場と言った方が適切だった。端の屋根付きのベンチに二人並んで座った。肩がくっつきそうなほど近かった。一呼吸置く。その時に再び目の端に見知った影が映ったような気がした。人がまばらな公園なのだから何か分かりそうだったが、見回してみても結局見知った影はいなかった。僕は気のせいだと頭を振る。

「そういえば、恋愛小説、すんごい食いついてたけど、どんな話だったの？」

「えー、そう言われると難しいなぁ……」

彼女は人差し指を顎《あご》にちょこんと乗せて考える。

「困った女の子を、白馬に乗った王子様が助けてくれる話、かな」

「何だその絵に描いたような恋愛小説は……」

「そんなような話ってこと。女の子はいつだって、手を差し伸べてくれる白馬の王子様を待ってるんだよ」

そういうものなのだろうか。例えば、早伊原。……いや、絶対ないだろうな。

あいつは白馬に乗って王子様が来たら、腹を抱えて王子様のファッションに一通りツッコミをいれて王子様を泣かせ、白馬を「白馬って普通の馬と味が違うんでしょうか」とか言ってその場で馬刺しにするようなやつだ。

「恋愛小説、好きなんだね」

「憧《あこが》れ、だからね」

中学の頃から、恋愛小説好きの部分は変わらないようだ。

「まあ、フィクションだからいいってことも、あるんだろうね」

「そんなことないよ。現実にいたら……いたら、やっぱり好きになっちゃうよ」

「王子様？」

「世間的には庶民でも、私の中では王子様なの」

彼女が、至近距離で僕の方を向いた。つられて僕もそちらを向いてしまう。周りが暗くなり、公園には誰もいなかった。丸いおしゃれな電灯が一斉につき始める。僕は彼女から目を背け、正面を向いた。彼女は頬を紅潮させていたように思う。

「今日ってね、決めてたの」

彼女が唐突に言った。

「今日はね、五月八日。何の日だか、分かる？」

僕は首を横に振った。

「初めて、春一くんと話した日だよ」

「え……？」

「中学一年の頃、図書室で」

僕はてっきり、彼女とは中学三年になってから初めて話したのだと思っていた。

「私が本読んでたら、『いつもいるよね、それ、何読んでるの？』って、声かけてくれたんだ」

まるっきり僕は覚えていなかった。確かに僕は中学の頃、図書室が大好きで通ってはいた。そう言えば彼女もよく図書室にいた気がする。話していたとしても、おかしくはない。

でも、……でも普通、そんなことを覚えているだろうか。

「緊張して、全然うまく話せなかったけど、それでも、春一くんはちゃんと話を聞いてくれたんだよ。覚えてる？」

「いや、ごめん。覚えてないや」

「そうだよねー」

彼女は別に傷付いた様子もなく笑った。

「だからね、今日で四周年記念日なの。……たまたまだけど、ちょうどいいよね」

「何に……？」

森さんが僕の手の上に自分の手を重ねてきた。ひんやりとする。

「中学校の頃、本当に、助けてくれてありがとう。私、嬉しかったよ。……だから」

彼女は顔を伏せて両手を組み、まるで祈るようにする。しばらくして、顔を上げた。

その瞳《ひとみ》は、今までになく力強いものだった。

「だから、恋愛小説は、卒業しなくちゃいけないって、そう思ったの」

その一言を聞いて、僕は、彼女が何を言おうとしているのかを悟った。

そしてそれが、信じられなかった。

だって、森さんだ。いつも周りの目を気にして、人と相対するのが怖くて笑顔でやり過ごしてしまう、あの森さんだ。変わったと言っても、それは高校デビューの類《たぐい》のもので、多少積極的になったくらいなはずだ。人は、変われない。努力や注意では、本質的に変わることはできない。人を変えるのはただ一つ、後悔だ。

「中学の頃、私のこと、助けてくれたよね」

彼女はまだ気にしているのだ。

「……僕が好きでやったことだよ」

「それでも、春一くんは……あの私を見て……助けようって、そう、思ったはず」

僕が知らないとしていることまで、今日暴《あば》くつもりだ。

「いいや、違うんだ。そうじゃない。僕は元々あいつのことをずっと、うざったく思ってたんだよ」

「私のせいで、怪我《けが》させて、本当にごめんなさい……だけど、それ以上に、謝らなきゃいけないことがあるの」

話が噛《か》み合わない。有無を言わせぬ迫力があった。僕はそれ以上何も言えなかった。

「きっかけは、……宿題、だよね」

放課後の教室、森さんが彼らに宿題のワークを押し付けられているところに、僕はたまたま遭遇した。それがこの一件の始まりだった。

もう、分かっている。だから、いいんだ。

「そういう、ふりをしたの」

「……」

「宿題を押し付けられた、ふりをしたんだよ」

僕は顔を伏せた。彼女が涙声になっている。それを聞くだけで、僕の心は引き裂かれそうだった。僕の過去の、過ち。自分勝手の正義で、人を助けたつもりになっていたこと。

「本当はね、私は本を読んでただけで、辻浦くんたちは、ただ仲間内で喋《しゃべ》ってただけ。……だけど、教室の窓から、廊下を歩いてこっちに来る春一くんの姿を見つけて、私は……皆の宿題を引き受けるって、そう言ったんだよ」

彼らは最初は変な顔をしたが、すぐに宿題を渡した。皆で変なやつだとからかっているところに、丁度僕がやってきた。

「どうして、私がそんなことしたのか、分かる……？」

いいんだ。言わなくて、いい。自分の過去の過ちを口にするのは辛《つら》い。

過去の自分を殺したくなるほど憎み、しかし過去はどうやっても変えられない。自分がこれから何をしても、薄暗い影は一生つきまとってくる。だから、忘れるしかない。

それなのに、どうして口にする。どうして、口にできる。これは、自傷行為だ。

「……ヒロインに、なりたかったんだよ、私は。矢斗くんに、助けてもらいたかった。そうすることで、二人の絆《きずな》が欲しかったの」

僕は何も言えない。何と言ったらいいのか分からなかった。

彼女は、悲劇のヒロインになりたかった。そして、なってしまった。

「やめてくれ」

もう、思い出したくない。しかし、彼女はそのまま続ける。

「机のラクガキも、卒業式前の以外、全部私がやったんだよ」

完全に、思い出される。呼吸が浅くなり、額に汗が浮かんできた。

そうだ。僕はラクガキを、毎日早朝に消していた。

「春一くんが学校に来るより先に来て、自分の机にラクガキする……そして、図書室から教室の様子を見るの。いっつも見てたよ――春一くんが、私の机、がんばって綺麗にしてくれるの。それを見るたびに……大事にされてるなって……違うのに、なんか、満たされるものがね……あったんだよぉ……！」

彼女は嗚咽をもらし始めた。僕はそこでようやく顔を上げる。彼女は目を真っ赤にして、申し訳なさそうに僕を見ていた。彼女の鼻をすする音がしばらく響く。

僕はあれを、彼がやっていたと思っていた。だから、毎日自分が来る頃に消えていて、どうしておかしく思わないのか、不思議に思っていた。だけどあの時は、彼が思ったよりも頭が良くないということで切ってしまった考えだった。後になって考えれば、体育倉庫で僕の作戦を全て見破り、そしてあっさりと卒業式一週間前に犯人である僕を追い詰めた彼が、そんな簡単なことに気付かないはずがないのだ。

卒業式一週間前のあのラクガキこそ、彼のものだった。以前より荒々しい、いじめが激化している。そう思ったのは、単に筆跡の違いだったのだ。彼は犯人をおびき寄せるため――森さんの味方をあぶり出すためにあの方法を使ったに過ぎない。前の事件と後の事件に、繋がりはないのだ。

最初、彼は何も知らなかった。

だから、ある日突然自分の机にラクガキされても、面食らうだけだったのだ。

「外履きもね……自分で、自分で……隠してたの」

いつも発見するのは、彼女だった。決まって十五分くらいで発見されるのだ。あの時の僕は、それを不思議だと思わなかった。

ただ、自分は良いことをしていると——自分の行為に酔っていた。

「全部……！　全部、何もかも……私の、自作自演なんだよぉ……！」

投げやり気味に、彼女は叫んだ。

僕が全てに気付いたのは、彼にこてんぱんにされ……あの手法を使った彼に疑問を持ち、そこから推理して、そして——録画された映像を見直した時だった。そこには、彼女の自作自演がばっちりと記録されていた。

僕はそれを見て——自分は何て愚かなのだろうと絶望した。激しく後悔した。体中から熱が抜け、あまりの寒さにがくがくと震えた。恐ろしかった。

僕はそれまで、自分勝手な基準で、勝手気ままに正義を実行していただけだった。

——裏で、こそこそと。

しっかり、自分の意見を、そのまま言っていればこんなことにはならなかった。「ネクラが宿題全部やってくれるみたいだぞ。お前もどうだ？」、そう言われた時、「何言ってんだよ。人に宿題押し付けるとか最低だな」と、思っていることを言えばよかった。教室で、彼女の隣で、ワークを一緒にやればよかった。人の目など気にせず――彼女が一人で机を綺麗にしているのを痛々しく思ったのなら……その場で、手伝えば良かったんだ。自分が思うがままに、真《ま》っ直《す》ぐ、そのまま行動すればよかったのだ。

「ごめんなさい、ごめんなさい……あんなことになるとは、思わなかったの……ごめんなさい」

そうすれば、彼女の自作自演はすぐに分かり、そうでなくとも、ここまでこじれなかった。僕が、大怪我することもなく……彼女がそれで心の傷を負うこともなかった。

そして、辻浦も――。

僕は、自分の意見を隠してうまくその場をしのぐことが、どこか高尚だと思っていたんだ。

「本当に私、最低なんだよ」

最低は、僕だ。本当に、余計なことをしてきた。隠し、偽り、騙《だま》し、――汚《けが》してきた。

生徒会選挙で負けそうだったら、ただ友人の一人として応援してあげればよかったんだ。がんばっているのに野球部のレギュラーになれないのだったら、練習に付き合ってあげればよかったんだ。それでもレギュラーになれなくても、それは彼が自分で何とかすべき問題だったはずだ。クラスの平均点も、暴力教師も、カツアゲ高校生も、全て僕はただ普通の一人として関わるべきだったんだ。

それを増長して、踏み込み、壊してきた。皆の真っ当な青春の日々を、ズラしてきた。世界を間違っていると決めつけて、自分勝手な正義を振りかざしてきた。

僕は、取り返しのつかないことをしてしまった。

その日から僕は、二度と同じ過ちを繰り返さないと誓った。もう二度と、自分勝手な正義を実行しない。もう二度と、歪んだ日々には関わらない。

皆の青春を壊すのは、悪だ。

「…………ねえ、春一くん」

僕は俯いたまま、彼女の震える声を聞く。

「もしかして、気付いてたの……かな」

「……いいや、気付いてなかった」

「気付いてたんじゃないかな……？」

「気付いてなかった。知らなかったよ」

僕は平気で嘘をつく。僕は結局、本質的には何も変わっていない。僕は、向き合うのが怖い。誰かと、何かと、真正面に向き合うのが、とてつもなく怖いのだ。早伊原との関係を一種心地よく思っていたのはそれだ。彼女は、僕の方を向かない。僕も、彼女の方を向かない。絶対に傷付かないその関係が、心地よかった。相手を傷付けるかもしれない。自分が傷付くかもしれない。そんな危険は、絶対に避けたい。

「気付いてたんだよね……？」

森さんだって、そうだったはずだ。僕と、同じだったはずだ。だからこそ、自作自演を行った。自分の気持ちに、向き合わなかった。僕と森さんは、同類なはずだ。

それなのに、どうして彼女は僕の真正面にいる。真っ直ぐ僕を見つめている。僕と向き合おうとする。彼女は、時として大胆だ。勇気が必要なことを、簡単に実行することがある。それが、分からない。

「だまってくれ……！」

僕はかすれた声で、しかし力強く拒否した。

「何なんだ、どうしてだよ。なんで言うんだ、やめろ」

支離滅裂な言葉を並べ立てる。彼女はそんな僕を、表情を動かさずに見つめていた。

「春一くんのことが、好きだからだよ」

唐突だった。

「あんなことしといて、どこまで調子がいいんだって、そう思うかもしれないけど……でも、好き……なんだよ」

「好き、だから……」

僕は虚《うつ》ろに繰り返す。好きだから。彼女の気持ちは何となく、感じ取っていた。でも、口に出して言われることは、やっぱり違う。そこには、明確な意思が宿る。言葉には、重さがある。思いは、質量ゼロだ。

「私はずっと逃げてきたの。高校に入ってキャラも変えて、昔のことは忘れようとしてたんだよ。だから春一くんのことも忘れようとしてた」

ああ、その通りだ。僕も君も、過去から目を背け、逃げてきた。

「でも、春一くんを見かけるとどうしようもなく悲しくなって、早伊原さんと一緒にいるのを見て、すごく悔しくて……やっぱり今でも好きなんだって、気付いて――だけど、言わなきゃ。全部言わなきゃ、私に告白する権利なんて、ないんだよ。だから、やっと……覚悟して、……何回も諦めかけて、それでも……」

それでも、彼女は過去に向かい合った。

好きだから。

人を好きになったことがない僕は、その気持ちの尊さを知らない。こんなに力のある感情だということを理解できない。

そんなことが、できるのか。変われるのか。彼女が眩《まぶ》しい。目に染《し》みて目頭が熱くなった。

「……すごいよ。森さんは、本当にすごい」

彼女は正しい。絶対に正しい。だから、間違っているのは僕だ。

僕はまだ、自分に向き合えないでいる。何かと向き合うのが怖いのだ。分かっている。だから浅田の好意すら受け取れない。人の気持ちに真正面に向き合うことができない。

これでは、早伊原と何が違うというのか。

そんな僕には、彼女の告白に答える権利がない。しかし、答えないわけにはいかない。彼女の真っ直ぐな気持ちを汚すことは、自分が許せない。

「僕は――」

答えるために、僕も、変わらなくてはならない。

「僕は、知ってのとおり、彼によって、恋人を作ることを禁止されてる」

「……でも、早伊原さん、は……」

「あれは恋人じゃない。恋人のふりをさせられていただけだ。だから僕は、彼に青春を取り上げられたままだ」

彼女はそれに多少なりとも驚いたようだった。そうだろう。仲良しカップルに見えたはずだ。――皆に、そう見えていたはずだ。

過去の自分の過ちに、向き合いたくない。まだ過去になりきっていないからだ。彼の存在は、まだ続いている。僕が貶《おとし》めた彼は、より凶暴になって、僕を見張っている。

「森さん。大丈夫。僕はそんなことを理由に、君の告白を断ったりしない。誠心誠意、答える」

僕は、変わる。今ここを逃してはいけない。ここを逃したら、僕は一生変われない。

「あり、がとう……」

「だけど、そのためには、やっぱり、彼とは、終わらせなきゃいけない」

「え……？」

僕の言葉の意味をはかりかねて、彼女が困惑していた。だけど僕はそれに明確な答えを与えなかった。

「だから、保留にするよ。ごめんね。……近いうちに、答えられると思う」

彼女は勇気をくれた。正面から対峙《たいじ》する勇気。僕は、彼と決別しなくてはならない。

彼に会い、向き合い、過去をきっちりと過去にすべきだ。これ以上続けることに意味はない。

ただ、相手はあの彼だ。とても自分が傷付かず優位な立場で決着をつけることなんてできない。

彼に相対するために、僕はもう一度、泥まみれになろう。消したいと思う過去の僕に戻ろう。何としてでも、彼を怪物にしてしまった責任をとろう。

たとえ、友人を脅すことになっても。

たとえ、証拠をでっちあげることになっても。

たとえ、早伊原に協力を仰ぐことになっても。
必ずだ。

閑話　早伊原との日常4

生徒会の仕事を終え、教室に戻る。生徒会準備室の明かりがついているのが外から分かった。僕はそれを一瞥するにとどめ、特に何をするでもなく、そのまま帰宅する。途中でメールが着信した。携帯を確認しながら思う。最近、時間の流れが早くなった気がする。

五章

終わらせる方法

1

何としてでも、終わらせなくてはならない。僕の決意は鈍らない。ただ、焦《あせ》りは禁物だ。ゆっくり着々と順番に進めなくてはならない。

まず最初は、早伊原樹里《さいばらじゆり》と協力関係を結ぶことだ。

「……」

僕は現在、中心街のモスに来ていた。空腹ではあったが、財布の中身には小銭の代わりに寂寥感《せきりようかん》が満ちていたので飲み物だけ頼んだ。窓側の二人席に腰掛ける。僕がひもじい思いをしていても、目の前の彼女はそんなことお構いなしで、モスバーガーポテトSセットとチーズバーガーを頼み、大いに食らっていた。前に来た時もこれを頼んでいたけど、気に入ってるのだろうか。

「おごろうか？」

「ええ、お願いします」

りんとした声で、早伊原樹里は即答した。いつもの張り付けた笑みを浮かべている。気まずさを埋めるために社交辞令として言ったのに、即答とは。まあ、彼女はこういうやつなのだ。慣れた。それに僕が誘ったわけだし、おごるのだって仕方のないことだ。こういうのは往々にして誘った方が不利なのだと彼女も言っていたし。

「…………」

「早伊原、えーっと……」

沈黙が気まずくて、特に何も話題を考えていないのに声をかけてしまう。

彼女は、学校で声をかけると、あっさりと応答した。その反応に、こちらが戸惑った。こっちは散々いろいろと考え、準備し、覚悟して、声をかけたというのに。気遣いしている自分が馬鹿《ばか》らしくなってくる。しかし、やはり気まずさはある。話題を選んで、わけを話せるところまで持っていきたいが、なかなか難しい。

「何ですか？」

彼女はモスバーガーを咀嚼《そしゃく》して飲み込んでから答える。

僕は質問を用意していなかったが、彼女が大食いなことから辿《たど》って、一つの質問を絞り出した。

「あー、……嫌いなものとかある？」

「矢斗春一《やとはるいち》先輩です」

にっこりと笑顔を深めて即答した。可愛《かわい》らしい角度で首も傾《かし》げている。ぶれないな、こいつ。いつだって人を遠ざける発言をする。これはいつもの調子ということで了解していいのだろうか。

彼女は携帯をいじりだした。僕は本題に入る前に彼女の食事が終わるのを待っていたのだが。チーズバーガーだけ手つかずで残っていた。

……もしかしたら、僕にくれるのだろうか。そう思った矢先、彼女は携帯をしまい、チーズバーガーに手を付け始めた。僕の視線に気付いたのか、彼女が包装を剝《む》きながら笑顔で言う。

「好きな物は、最後に残しとく派なんです」

僕は、早伊原がチーズバーガーを食べるのを待ち、その後、少し世間話をした。彼女は僕の中学時代のことばかり聞いてきたので、嘘《うそ》を交えて答えておいた。こんな話がしたいのではない。

三十分程して、店を出ようとすると、彼女に金銭を要求された。おごりの分だ。モスは先に会計を済ませてしまうので、おごりは自然とこういう形になった。これだと全く格好がつかない。

そのまま帰宅せずに少し中心街をぶらぶらする。最近はずっとこんな感じだった。時には本屋に行き、時にはゲーセンに行き、時には雑貨屋に行った。彼女は結構突っ込んだ物言いをする方だが、歩く時は静かだった。気まずさの原因はこれなのかもしれない。

自然と話題は僕が振ることになる。気になっていたことを聞いてみた。

「彼のことは……もういいの？」

彼というのは、こうやって、早伊原の隣を歩いていた男のことだった。今の僕のポジションにいたのか、それはまだ今のところ定かではないが。僕以外の男子と二人で街中を歩いている時、彼女がどんな話をしているのか、まるで想像がつかなかった。僕と同じように、遠慮ない物言いを、彼にもしていたのだろうか。かつて中心街で見かけた、早伊原と彼の背中が思い浮かぶ。

僕の一言で全て理解したのか、彼女は答える。

「ええ、もういいんですよ」

「ふうん……」

動じていなかった。ただ、笑顔を浮かべるほどの余裕はなかったらしい。早伊原と彼の関係は短いはずだが、何かを感じさせる。それが気になる。

「……好き、とか？」

「私、恋愛に興味ないですから」

ぶっきらぼうに答える。

もう少し突っ込んでも大丈夫だろうか。

「付き合ってた……？」

「付き合ってたら何なんですか？　あ、さては先輩。私のこと好きなんですか？」

にやにやとした表情で彼女が尋ねる。

「そんなことはない。……まあ、いいや」

付き合ってなかったのだろうか？　付き合っていたらいいなと思う。

やはり協力してもらいたいという下心があるからだろうか、何だか僕はいつもの調子が出せず、そのまま当てもなく駅とは反対側に歩いた。いつもは駅に向けて歩き、その途中に店に寄るのだが、今日は反対側にした。

気まずい沈黙が流れる。何か話題を振らないと。そう思っていると、角を曲がった先のコンビニが潰《つぶ》れているのが目に入った。中心街の外れにあり、客が少ないコンビニだった。僕はよく利用させてもらっていた。コンビニの外装はそのままで、中身が空っぽになっていた。

「ここ、潰れちゃったんだな」

「そうみたいですね」

彼女も驚いたようで、返事をしてくれる。気まずい空気が薄まる。僕は安堵《あんど》の息をつく。彼女の機嫌を損ねてしまうと、もう話ができなくなってしまうかもしれない。それは困る。

彼女はまじまじとかつてコンビニだったものを見て言う。

「どうして、潰れちゃったんでしょうか」

僕はコンビニの看板を眺める。電灯が切れているわけでもなく、蜘蛛《くも》の巣もかかっていない。綺麗《きれい》なままだった。このコンビニは、まだできてからあまり日が経《た》っていない。

コンビニになる前は、ドラッグストアだった。その頃から、僕はよく利用させてもらっていた。

「本当、どうして潰れちゃったんだろうね」

「別に近くに競合店ができたわけでもないのに。時間帯によってはそこそこ人が入ると思いますけどね」

彼女は完全に立ち止まり、口元を覆《おお》って考え始めた。こういうことが気になって仕方がないたちらしい。

「……やっぱり、万引き犯でしょうかね」

「……かなぁ」

「去年潰れたスーパー、あれも万引き犯の仕業らしいですし、大変ですよね」

彼女がかつてあったスーパーの方に目を向ける。ここから比較的近い場所だった。

「万引きの被害額は、日本で、年数百億円と言われていますしね。そりゃあ、ばんばん店も潰れるわけです。もう……ここのコンビニ、たまに使ってたのに……」

彼女は唇を尖《とが》らす。しばらくそうしてから――ニヤァと笑みを浮かべた。それはいつものような表面的な笑みではなく、内側から溢《あふ》れ出るようなものに思えた。

「そろそろ捕まえ時ですかねぇ」

「……」

「先輩、何か万引き犯についての情報、手に入りましたか？」

この街に、凶悪な万引き犯がいるという噂《うわさ》は前からあった。店をいくつも潰している。最初は大きな窃盗グループかという話であったが、コンビニが潰れ始めてからその線は消えた。窃盗グループは、狭い店を狙《ねら》わないからだ。

それに犯人は、監視カメラに映っているらしい。常習の単独犯。毎回巧妙な手口を使うのが特徴。監視カメラには、いつも顔が映らないようにしているが、外見年齢は高校生くらい。

警察も、最近になってようやく本格的に動き始めたらしく、犯人が捕まるのも時間の問題だと言われている。

これが、僕が調べて得た万引き犯の情報だ。

「いや、全然」

彼女に万引き犯の情報を渡したくはなかった。

「ふむ、そうですか」

彼女は顎《あご》に手を当てて考える。彼女はおそらく、僕が万引き犯の何かを知っていることに感づいている。だからこそ、最近、毎日のようにこの話題を振ってくるのだ。

「……先輩、今日は私、もう帰りますね」

彼女はそう言い、「さようなら」も何もなく、踵《きびす》を返して鼻歌混じりに帰っていった。上機嫌なのは、万引き犯をどうやって捕まえるかを考えているからだろう。そういうのが、彼女の楽しみだ。

「……」

そして僕も万引き犯をどうやって捕まえるかを考えていた。負けるわけにはいかない。

——これは僕と早伊原の競争となるだろう。

そもそも、負けるわけもないか。僕は、誰が万引き犯か分かっている。犯人は、彼なのだ。そうなるだろう。

彼の終止符は僕が打たなくてはならない。だからこそ、警察にも、ましてや彼女にも、先を越されてはならなかった。僕が捕まえることに意味がある。僕の決意は鈍らない。

早伊原に協力を仰ぐのは、少し無理そうだと思った。むしろ、こちらの意図に気付いて、万引き犯に辿り着かれてしまうかもしれない。協力してくれそうにもないし。まあいい。早伊原の協力がなくても、もう分かっていることなのだ。彼女がいなくても作戦に何の支障もない。

その時、視界の片隅に視線を感じた。そちらを向くも、見知った人はいなかった。気のせいだろうか。最近やけに誰かに見られている気がする。

「……何だか嫌な感じだな」

早伊原の行動は読めない。もしかしたら、もう僕が彼を捕まえようとしていることに気付いているかもしれない。

念のためだ。準備していた作戦を前倒ししよう。

僕は携帯電話を取り出し、電話をかけた。

2

ミステリというのは、フーダニット、ホワイダニット、ハウダニットにより成り立っている。簡単に言えば、「誰が」「どうして」「どうやって」である。これのどこかに、もしくはいくつかに、何かしらの謎《なぞ》があり、それを解くのに試行錯誤したり、もしくは関わらないように距離を取る。

現実には思った以上にミステリが存在する。しかし、今回に限ってはミステリになりそうになかった。

誰が。彼が。

どうして。商品をただで得たいから。

どうやって。監視カメラに映らない場所で流れるような動作で商品を鞄《かばん》に入れて。

全てが判明していた。始まる前に終わっている。だから残っているのは、後片付けだけだ。犯人をただ、捕まえればいい。障害は何もないはず——だった。

『先輩、万引き犯について、やっぱり何か知ってるんじゃないですか？』

早伊原から電話がかかってきたのは、次の日の放課後だった。つまり、僕が、計画を前倒しして犯人を捕まえようとした日だった。今日は彼女と会う約束をしていない。早伊原は賢《さか》しい。計画の邪魔だった。

僕は学校を終え、既に駅前に来ていた。落ち着いて話をするため、駅前のベンチに腰掛ける。サラリーマンや学生の姿が多く、雑踏によって電話の音が聞こえにくかった。

「別に何も知らないけど」

『えー、でも昨日、あんなに動揺してたじゃないですか』

「言いがかりはやめろって」

僕は笑いながら言った。こうすることによって、余裕を演出できる。

『ほら、今も』

「……」

しかし、容易に見破られた。いや、待て。ハッタリかもしれない。しかし、その思考に至るまでが遅く、彼女の返答から一拍間があいてしまった。これによって、僕の動揺は完全に伝わってしまっただろう。僕らしくないミスだった。早伊原はいつも僕のペースを乱す。

彼女が電話口の向こうで笑う。口端を歪《ゆが》めた様がすぐに想像できた。

『先輩が万引き犯の何かを知っていることには気付いていました。でも、昨日は何か反応が違ったので……。何か、やろうとしてます？』

僕は焦り、ついその場で立ち上がる。周りの視線を一瞬集めた。何か彼女に言おうとするが、電車の発進合図のメロディが僕の思考をぶつ切りにし、冷静になった。今ここで何を言っても、彼女にヒントを与えるだけだ。

僕は電話を切った。その時に、携帯の時計を見る。五時半過ぎだ。良い時間帯だった。

——今日、犯人が万引きするスーパーへと行くことにした。

スーパーに到着したのは六時過ぎだった。僕は駐輪場で自転車をとめる。このスーパーは全国展開しており、規模も大きい。主婦で溢れていた。子供連れも多い。この付近は、駅前から離れてはいるが、住宅街が近くにある。そこを消費者層と想定して営業している。売上は上々らしく、県内だけでもさらに六店舗展開している。

そんなスーパーであるが、今、万引き犯に目を付けられていた。食料品が多数消え去っている。

警察が万引き犯を捕まえるために本格的に動き始めたのも、このスーパーの通報によるものだった。

その情報を得た僕は、作戦を考え、万引き犯をここで捕まえることにした。そうして、彼と決別する。

僕は高校生活で、彼のことを忘れたことはなかった。当然だ、日々に直接影響しているのだから。何をしても、彼の存在が思い出され、暗い感情が渦巻く。彼の存在は癌《がん》だ。どんな時でもずうっと僕の体内にいて、蝕《むしば》んでいく。僕に現実を直視させてくる。解放されるには、消すしかない。大義名分もある。

彼の姿を探した。先に発見されないように、注意して見まわる。店内を三周したが、彼の姿はなかった。これで良い。僕は店から出る。

彼は僕同様、自転車でここに来る。今日は水曜日。彼がここに来る確率が二番目に高い曜日だ。僕はスーパーの敷地外に出て、隣の銀行の陰から駐輪場を観察する。銀行は本日営業を終了しており、既に暗かった。駐輪場からこっちが見えることはない。今のところ、作戦通りだった。

待っている間、僕は携帯を開くこともできない。光は、目立つからだ。彼に見つかったら意味がない。こんなところで、再会するわけにはいかなかった。

夕刻になっても、寒くはなかった。むしろ少し暑いくらいである。五月になり、空気が入れ替わった。

スーパーの賑《にぎ》わいの端にある駐輪場を観察すること三十分。ようやく彼が現れた。僕は以前からここをはっていたし、駅前で見かけたこともあり、彼の姿はすぐに分かった。彼は制服を着ていた。学校帰りにそのまま寄っているのだろう。

彼が無警戒に自転車をとめ、エコバッグと学生鞄を持って店内に吸い込まれていく。彼は火曜日と水曜日に、このスーパーに買い物をしに来ることが多かった。

僕は彼に気付かれないように、後をつける。

彼が今回とる万引きの手法。

それは、夕飯の買い物を普通に行う陰で、学生鞄に食品を詰め込むというものだった。一度レジを通っているがために、店員は気付きにくい。

彼が携帯を見ながら、迷わず食品を買い物カゴに入れていく。携帯には、買い物リストがあるようだ。僕は自分も買い物をしている振りをしながら、こっそりと彼を観察する。若い男というだけで、このスーパーでは若干目立ってしまうので、注意が必要だった。店員には僕らくらいの歳《とし》の者もいるが、客では珍しい。

彼が、精肉コーナーを通り過ぎ、棚の間へ入った。あそこの棚の間には、一部監視カメラに映らない部分がある。僕は全ての監視カメラの位置と角度を記憶していた。

「………」

今、だろうか。

僕は再度確認する。彼の観察は十分に行った。作戦に支障はなかった。監視カメラをもう一度目視する。彼のいるところは死角になっている。周りを確認する。彼に注視している人物はいない。彼は僕に背中を向けている。……彼が菓子類を手に取った。

——今だ。

心の中で呟《つぶや》きながら、足音を殺し、彼との距離をつめる。

その時に、違和感を覚えた。何者かが自分を観察しているような雰囲気。辺りをそれとなく確認するが、やはり人影は見当たらない。気のせいだ。きっと、気が張っているのだ。僕は嫌な感覚を飲み込んで、彼に近づいた。

がしり、と力いっぱい彼の左肩を後ろから摑《つか》み、その場に固定した。

「よう」

そう言うと、彼が驚いて振り向いた。肩を摑んでいるので、首でしか振り返れない。至近距離にある僕の顔を見て、彼は息を止めた。これでもかと目を見開く。瞳《ひとみ》が微《かす》かに動き、僕に焦点を合わせる。

「元気そうじゃないか、なあ」

瞬《まばた》きもすることなく、彼の目を見つめる。

「……辻浦《つじうら》」

ゆっくりと彼の肩から手を離し、離れる。それによって、彼の緊張も幾分かなくなったようだった。

呆然《ぼうぜん》自失している彼に、もう一度声をかける。

「久しぶりだな」

「あ、ああ……」

彼はまだ困惑しているようだった。まさか僕に会うとは思っていなかったのだろう。彼には何の心の準備もなかった。僕にはそれがあった。だからこの場を優位に進めることができる。

「そういうこと、やめろよ」

「は……？」

僕は真剣な眼差《まなざ》しを向けるが、彼は警戒してくるだけだった。僕はその場から去る。

「おい、――」

彼が何かを言っていたが、僕は足を止めることなく、そのままトイレに向かった。個室に入り、鍵《かぎ》をかける。携帯を開くと、着信が二件入っていた。両方とも早伊原からだった。僕はそれを無視して、時間を潰すために電子書籍を開いた。しかし、目が滑り、まるで頭に文章が入ってこなかった。おそらく、緊張しているのだろう。電子書籍を閉じ、目を瞑《つむ》って胸に手を当てた。心臓がフル稼働《かどう》し、頭に血を送り続けていた。

十分ほどそうしていると、携帯が一回だけ震えたので、僕はトイレから出た。そのまま早足でスーパーの出口へ向かう。そこには――会計を済ませ、帰宅しようとしている彼の姿があった。

走った。視線を集める。

すぐに彼に追いつき、そして、腕を摑む。

「！　……今度は何だよ」

彼は、さっきよりは驚いた顔をしなかった。ただむすっとして僕を見るだけだ。僕は彼の質問には答えずに、店内を見回した。何事かと、買い物中の客も、買い物を終え袋に詰めている客も、店員も、全員が動作をとめて僕らを見ていた。

その中で、僕は言い放った。

「こいつ！　万引き犯です！」

店内に僕の声が響き渡る。その場は、ざわざわとし出し、騒然となった。明るいBGMが場違いに流れ続ける。

「おい、何だよ。万引き？　してねえよ」

「よく言えるな。僕が声をかける前、してただろうが」

「してねえよ。離せよ」

彼が僕の腕を摑み、引きはがそうとするが、僕は力を込めて離さなかった。

「ふざけんなよ、おい！」

彼が大声を出す。客たちが疑惑の色を強め、軽いパニック状態になり始めた。途端に騒がしくなる。

力ではやはり僕の方が強いようで、彼は僕の手を振り払えないでいた。

「あの、お客様」

僕らくらいの年齢の店員が声をかけてくる。背後には、店長らしき人も控えていた。

それを見て、彼はようやくおとなしくなった。

3

僕は中学の頃、今では嫌いなミステリ小説が好きだった。中でも、謎が解明されるまで探偵役と一緒に悩める、いわゆる本格ミステリが好きだった。伏線が収束し、「やられた！」と綺麗に敗北するのが心地よかった。それ以上に、自分がミスリードをかいくぐり、探偵役より早く解決した時——その時の昂揚感《こうようかん》が、たまらなかった。

でも、あくまでもフィクションだ。本を閉じれば、現実が待ち受けている。興味もない勉強をやらされ、気力の削《そ》がれる部活動を強いられ、精神が摩耗するだけの友人を作らされた。僕の世界には、色がついていなかった。

ミステリ小説の中では、いつも事件が起きる。殺人が一番多い。現実の殺人犯は、ミステリ的なトリックを用いない。なぜなら、そんなことを考える余裕がないからだ。殺人犯というのは、冷静ではない。だからこそ、人を殺すのだ。もし、氷柱《つらら》で刺し殺し、その氷柱を溶かして証拠を隠滅させるような――そんなトリックを思い付くのなら、犯人は冷静だ。殺人なんか行うはずがない。

殺人というのは、ミスなのだ。その手法に至ったということそのものが間違いである。だから殺人犯は一人の例外なく、愚か者だ。

利口で、かつ、本当に恐ろしいのは、殺人に匹敵する思いを抱えたまま、冷静でいられる人物である。彼らは法の目をかいくぐり、自らが糾弾されるリスクを最小限に抑えて、その上で、相手を貶《おとし》める。

友人の振りをして裏切る。恋人を奪う。陰で嫌がらせをする。罪を被《かぶ》せる。良い人を装《よそお》い人望を集めいざという時に利用する。

そういうことは、日常茶飯事に行われている。

――それなら、理知的殺人とは、社会的抹殺のことなのではないか。

このことに気付いてから、世界に色がついて見えるようになった。僕のＤＮＡに刻み込まれた本能が、勝ち上がれと言っている。どれだけ理性で抑え込んでも、根付いている。本能からは、逃れられない。人間は根本的に、縄文時代から何も変わっていない。

相手を出し抜く快感は、何物にも代えがたい。

僕はいろいろな大義名分を盾にしながら自分の欲望を満たしていたのだ。それを確認する時、自分はひどく汚《けが》れた人間だと思う。だけど、仕方がない。僕は根本的にこういう人間なのだ。だからこそ、同じような早伊原と話ができる。抑え込んだそれを、今は存分に発揮しても良い時だ。

「僕は、やってないんです」

彼の声が響く。

ここはスーパーの、店員以外立ち入り禁止の区域にある一室だった。たぶん、休憩室だろう。事務机を挟み、パイプ椅子《いす》が並べられている。彼は部屋の奥側の椅子に座らされていた。入り口側には店長が座り、鋭い眼光を彼に向けていた。僕と、声をかけてきた若い店員は、店長の後ろに立っている。

「じゃあ、これ何なの？」

店長が机の上に並べてある菓子の一つ、板チョコを持ち上げる。店長は恰幅《かっぷく》の良い三十代後半の男性だった。店内にいる時は明るい笑顔の印象だったのに、この部屋に来てからガラリと印象が変わった。ずっと仏頂面《ぶっちょうづら》であり、声も低く重々しかった。僕はそこにプロの心意気を見た気がした。

机の上には、板チョコ四つ、チップス菓子二つ、筒型カップ麺《めん》二つ、つまみのビーフジャージー二つ、合計二千円相当の商品が並べられていた。全て、彼の鞄の中から出てきたものである。

「本当に、違うんです」

彼は店長の視線から目を逸《そ》らすことなく力強く言う。まるで、自分が万引きなどしていないかのように、自信たっぷりに。ただ、その中には必死の色も含まれていた。内心の焦りを隠しているのだ。人間は大きな嘘をつく時、相手の目をじっと見つめるらしい。

店長が眉を寄せる。このやり取りが十分以上にわたり繰り返されていた。

「監視カメラ確認してみてください。そんなそぶり、ないですよ」

「もう監視カメラは確認した。君ねぇ……分かってて言ってる？」

「何がですか？」

「君、監視カメラに映ってないところで盗《と》ったでしょ？」

「……いえ」

店長が振り返り、僕を見る。僕は証人の役割としてここに呼ばれた。

「盗ったところ、見たんだよね、君」

「はい、見ました。止めようと声をかけたんですが、彼は……結局……」

そのまま店長が僕から視線を戻し、机をこつこつと爪《つめ》で叩《たた》き始める。

「最近うちから商品盗ってったの君でしょ？　全部監視カメラで映んないところでさ、

よくやるよ。在庫管理で分かることくらい、知ってるよね？」

「だから、やってな――」

「やっただろ!!」

店長が突如として叫ぶ。怒りが限界点を超えたようだ。

「いい加減にせえよ！　お前は二千円くらいって気持ちかもしんないけどなぁ！　総額にするとでけえんだよ！　窃盗だ！　犯罪だぞ！　分かってんのか!?」

怒号。彼は店長をぽかんとした様子で見ていたが、すぐに口元を引き締める。

「でも、本当に――」

「証拠あがってんだぞおい！　否定し続ければどうにかなると思ってんのか!?　現行犯逮捕なんだよ！　……もういい、埒《らち》が明かん。警察呼ぶからな」

その一言で、彼の目の色が変わる。

「警察は、ちょっと……」

「はあ？」

店長は怒りを通り越してあきれていた。

「警察は、その、困ると思うんです」

「思うってなんだよ、困んのはお前一人だろうが」

彼は口を噤《つぐ》んで俯《うつむ》いた。

「いいか、言い訳は全部警察に話せ」

店長が立ち上がったタイミングで、彼はそれを制止する。

「待ってください！　警察は、本当に、……」

「…………」

店長は動きを止め、振り返る。彼は机に額をこすりつけるように頭を下げていた。

彼は、社会的に死んだ。僕が罪を暴《あば》き、殺したのだ。

僕が入り口で引き止めなければ、犯人の逮捕はもう少し遅れていただろう。

これが、決着だ。過去との、決別だ。

量子論というものがある。世界を構成する小さなもの、原子よりも小さなもの――量子。その量子は、不思議な現象を起こす。ある実験をした際、観測したかしないかで、実験結果が変わるのだ。見ていたか、見ていないか、それが結果に影響を与える。

僕は中学の頃、「この世界は実は誰かによってつくられたもので、バーチャルゲームの中みたいなものではないのか」と妄想したことがあった。自分の部屋に籠《こも》り、唐突に後ろを振り返る。そこに空間の綻《ほころ》びがないかを探す。その妄想では、誰も見ていない空間は、容量削減のために存在しないことになっていた。振り返り、僕が見る瞬間にその空間が構築される、そういう設定だった。その妄想と量子論は、少し似ている。実際そうなのかもしれないと、今でもたまに思う。

誰も見ていない部分は、科学でも分からないのだ。

観測されない現象は存在していないものと同義だ。だから、犯罪が発覚しなければそこに犯罪はない。万引き犯が捕まらなければ、万引き犯はいない。でも、綻びが生じる。

万引き犯はいなくても、商品はなくなる。警察が動く。世界が乱れる。

だからこそ、捕まえることに意味がある。消えた商品に答えを与える。不思議に解答を与える。ミステリを解く。それは僕のやるべきことだ。

突如として、味気ない着信音が鳴り響く。店長の携帯のようだった。店長がメールを確認して、ため息をついた。

トラブルだろうか。未《いま》だに頭を下げ続けている彼を一瞥《いちべつ》してから、若い店員に声をかけた。

「ちょっと見張っといてくれ」

店員は頷《うなず》く。店長はふたたび大きくため息をついて、部屋から出て行った。

部屋には、僕と若い店員と彼の、三人だけになった。僕は気まずい思いをし、店員に視線を向ける。店員も僕を見ていた。視線がかち合い、すぐに目を逸らす。無言が続く。

もう帰っていいだろうか。全てが終わったのだ。店潰しの万引き犯は捕まった。後は店長が警察を呼び、彼は逮捕され、終わる。確定していた。僕はもう興味がなかった。

成すべきことはしたのだ。過去との決別は終わった。入り口に足を向けた途端、何かが聞こえた。

「……なあ」

沈黙を破ったのは、唸《うな》るような声だった。額を机にくっつけたままの彼が発した声だ。

むくり、と顔を上げた。

「！　……」

彼は、さっきまでの必死さが嘘のように、ほくそ笑んでいた。

「だめだなぁ」

誰に言っているのか、彼は呟く。そして椅子に座ったまま少し伸びをする。急に余綽々《しゃくしゃく》になった態度が気味悪くて、僕は思わず口を開いていた。

「何だよ」

「ん？　いや、だめだなぁと思ったから、だめだなぁって言ったんだよ。何？　詳しく説明しろって？　しょうがないなぁ、今回だけだぞ」

彼は楽しそうに笑みを深めた。何だか、彼のイメージと一致しない。中学時代の彼は、こんなことを言うようなキャラではなかったはずだ。彼に何があった？　不自然さが、僕に不安を植え付ける。

「別に、知りたかないけど。……つーか何だよ、急に」

「態度のこと？　こういう演技って得意なんだ」

「さっきのが演技？」

僕は鼻で笑う。

「必死だったじゃん。警察呼ばないでって」

往生際《ぎわ》が悪い。君は、僕に観測されてしまったんだ。これが事実となる。彼は何がおかしいのか、僕の発言の後に大声で笑った。長いこと笑った後に言う。

「そっちこそ、顔に出てるぞ」

「…………」

「で、こんなんで追い詰めたつもりかよ。……じゃあ聞くけど、証拠になるのか？　これ」

これ、と言って目を向けるのは、机の上に広がる商品だった。

「正確には、僕が盗ったなんて分からないだろ？　監視カメラにも映ってないんだから」

「……何言ってるんだよ。誰がどう考えたって君だろ」

そう言っても、彼は余裕の表情を崩さない。肘《ひじ》をつき、口元で笑みを作っていた。ただ、——目は笑っていなかった。

「だーかーらー、何をどう考えたら僕になるの？　明確な証拠を示せって言ってるの。知ってる？　推定無罪って」

僕は思わず舌打ちをする。ここまであきらめが悪いとは思わなかった。彼には、罪の意識がないのか？　僕の中で、抑え込んできた怒りが湧《わ》き出してくるのが分かった。

「分かった。じゃあ、警察を呼ぼう」

僕が携帯を取り出す。焦ると思ったが、しかし、彼は平然としていた。

「僕はね、結構優しい人間なんだ」

「……は？」

僕はわけが分からず聞き返した。このもったいぶった言い方。彼は、誰だ。種明かしのように言う。

「だから、言ったじゃん。警察は困ると思う、って」

彼が笑みを浮かべる。瞬間、背中で虫が蠢《うごめ》いているような気持ち悪さが走る。ぞわぞわり、と全身に鳥肌が立った。

「困るのは、僕じゃない。――君だよ」

彼がそう言う。瞬間、掌《てのひら》がぬめつく。こめかみの筋肉が引き攣《つ》る。世界から色が抜けていった。僕は今、確かに破滅の足音を聞いた。

「そういう意味で、言ったんだ。だめだなぁって。変わらないな、最後に一つミスをするところ。……だからさ、やめろよ。こんなこと」

「……！」

僕は拳《こぶし》を握り、歯を食いしばる。そのまま部屋から出た。彼の話をこれ以上聞くわけにはいかなかった。……恐ろしかった。

部屋から出てもどこに行くわけにもいかず、在庫の段ボールで狭くなった通路で壁に背を預ける。冷静になろうと深く息を吸い込んだ。

「おい、大丈夫か？」

僕を追いかけて来たのだろう。さっきまで部屋に一緒にいた店員が僕の脇《わき》にいた。顔に不安と書いてあった。

「……なあ、本当に、大丈夫か？」

僕が無言でいるのが不安を加速させたようだ。僕は小声で言う。

「大丈夫だ。何も心配するな」

そうは言うものの、僕も内心焦っていた。彼がこの状況でまだ冷静でいられるとは思っていなかった。想定外だ。中学の頃なら、彼は冷静さを失っていたはずだ。何故《なぜ》だ。いや、今はこんなことを考えている場合ではない。犯人を、どうやったら捕まえられるか。それだけを考えるべきだ。どうやって、彼に罪を認めさせればいい。

「……なあ、あいつは、分かってるんじゃないか？」

不安がまだ消えないのか、店員が言う。

「分かってるんだ」

「…………」

店員は、学校では見たことないほどに怯《おび》えきっていた。教室では割と幅をきかせているタイプだったが、こんなに取り乱すとは思わなかった。

「そんな怖がるな。堂々としてろ。……警察を呼べばあいつだって焦るだろう。そうすれば自白を取れる」

最初からこの作戦は、自白を取ることを前提としている。

「……協力なんか、するんじゃなかった」

「声がでかい。……君は協力するしかないだろ。ここで止《や》めてみろ」

泣きそうな店員をフォローする余裕は僕にもなかった。僕も、怖いのだ。僕が睨《にら》み付けると、店員は不満気な顔を逸らした。

「分かってる。だからカンニングのことは……」

店員は僕のクラスメイトだ。このスーパーでバイトをしている。脅して、協力させている。それくらいやらなくては、彼には対峙《たいじ》できない。

日程を早めることを電話で伝え、本日、計画通りに作戦は行われた。

万引き犯を捕まえるには、原則として現行犯しかない。僕が彼を捕まえるには、レジから入り口までの、その間しかないのだ。タイミングが重要だ。店員はこの時間、レジ打ちをしている。だから、見張りをやらせた。あいつがレジに商品を通したタイミングで、僕にワン切りするように言ってあった。トイレで待機していた僕は合図を受け、彼を捕まえた。

——そう、あいつは万引き犯だ。

監視カメラには映る場所でなかった。彼の鞄のチャックは調査通り後ろ側に寄せてあった。周りに僕らを注視している人はいなかった。何度も確かめた。

彼の肩を叩き、顔を寄せた。至近距離で睨み合うことにより、彼の視線を僕に固定した。

その時に、僕は彼の鞄に、商品を詰めた。

全て順調に行われた。監視カメラにも映っていない。証拠はない。

これで、彼は万引き犯になった。僕が、仕立て上げた。その瞬間は、誰も、僕さえも観測していない。観測されていない事象は、ないものと同じだ。

どんな汚い手を使ってでも、終わらせる。その決意は今だって鈍っていない。僕は彼を万引き犯にする。社会的に殺す。決別する。彼は学校を退学になり、犯罪者として生きていくのだ。

それが、僕と彼との、決着となる。

4

いつまでも通路にいるわけにはいかなかった。店長が戻ってきてしまうからだ。店員は、彼を見張るように言われていたのだし。こんなところで油を売っているわけにはいかない。

「戻ろう」

僕は、壁によりかかってうなだれる店員の肩を叩く。彼は薄い反応を示し、僕の後についてきた。部屋に戻ったら、どうすればいいのだろう。彼にどんな表情を向ければいいのだろう。もういっそのこと、警察を呼んでしまった方がはやいかもしれない。しかし、彼の一言が気になる。「困るのは、僕じゃない。――君だよ」、そう言った。本当に、分かっているのかもしれない。

――いや、分かっているんだろう。だけど、証拠がない。当たり前だ。誰も観測していないんだから。大丈夫、弱気になるな。こっちも相手も、決定的な証拠はない。しびれを切らした方が負ける。

部屋に戻ると、彼は読書をしていた。僕らに気付いて顔を上げる。

「……ああ、おかえり」

「随分余裕なんだな」

まあね、と彼は答えながら文庫本を鞄に入れる。どうやら店長はまだ戻ってきていないようだった。店員が僕に視線を送る。どうするつもりだ――そう聞きたいのだろう。

僕が考えていると、彼が口を開く。

「で、どうするつもり？」

「……別に何もしない」

「つまり、このまま僕を警察に引き渡す、と？」

「それは僕が決めることじゃない。……でもまあ、店長さんが来たら、そういうことになるんじゃないのか？」

僕がそう言いつつ、店員に目を向ける。彼は店員として答える。僕と知り合いだということは秘密にしなくてはならない。

「ええ、まあ、そうなると思いますが……」

彼はその答えを聞いて、ポケットから携帯を取り出し、いじり始めた。何かを入力しながら言う。

「言っとくけど、店長は来ないよ」

また適当を言う。自分のこの状況を動かすために、揺さぶりをかけてくる。彼は携帯を閉じ、ポケットに戻した。

「まあ、代わりのやつが来るから。それでいいってことにしてくれ。……運が悪かったな」

そう言って、彼は扉に視線を向けた。

「代わり？」

彼が何を言っているのかまるで分からなかった。適当をいくつも並べたて、僕の不安を煽《あお》る作戦だと思ったが、――瞬間、ノブが下ろされ、扉が引かれる。

「こんにちは、皆さんお揃《そろ》いのようですね」

ひょっこりと現れたのは、張り付けた笑顔を浮かべたショートヘアの女子。注目を浴びそうな容姿をしている。僕は見覚えのある彼女を見て、思わず声をあげた。

「は……？」

「あ、先輩。電話無視するなんてひどいですよう」

現れたのは、早伊原樹里だった。おどけるように僕にそう言って微笑《ほほえ》んだ。

彼女は彼の隣に立つ。いつになく楽しそうで、そしていつになく――邪悪な顔をしていた。

「どうして、……は？　なんで、早伊原が、ここにいるんだよ……」

混乱していた。僕は駅前で彼女と電話をした。彼女は万引き事件のことに興味を持っていた。電話している時の騒音で、駅前に僕がいることが分かったとして――どうして、スーパーに？　いや、スーパーまで来られたとしてどうしてここに？　彼女は場違いだ。

「まあ、いいじゃないですか、そんなことどうでも」

彼女の登場をどう思っているのか、彼は苦笑いを浮かべている。

「えっと、これ、どういう状況ですか？　もう、始めちゃっていいんですかね？」

彼女が彼に尋ねる。彼は手であしらうようにしてから、頷いた。勝手にしろというサインだろうか。この二人は、結局どういう関係なんだ……？

何を、する気だ？　早伊原樹里は、行動が読めないところがある。僕の予想を超えてくる。そして大概、良い事を考えていない。僕の悪い予感は加速度的に膨らんでいった。

「まず、万引き常習犯Aがいました」

彼女が人差し指を立てて言う。

「Aは、店を潰すほどに万引きを繰り返していました。一年前からずっとです。店も警戒するでしょう。様々な対策も打ったはずです。それなのに、捕まらない。警戒が薄い店を狙っていたというのもあるでしょうが、どうしてでしょうか？」

「さあ……」

唐突な話に、僕は面食らう。

「監視カメラに映らないところで盗るから。店に入ってから盗んで出るまでが早いから。そうですね、そういう理由もあるでしょう。……でも一番の原因はやっぱり――」

どうしてだろう。どうして。どうして彼女は、こんなに楽しそうに話しているのだろう。その愉悦の形に歪んだ口元は、彼そっくりだった。

「――店員に、協力者である同級生がいたからでしょうね」

「……へえ」

「スパイってやつですす。内部に仲間が一人でもいると、それはそれは有利にことを運べますよね」

「かもな」

僕は適当にあしらう。

「その同級生を仲間にする方法は、千差万別でしょう。『万引きした品の半分をやる』で協力する人もいるだろうし、『お前はただ見なかったことにすればいいだけ。何かあったとしてもお前の責任は問われない』とか、……それでも従わない者には、弱味を握り『このネタ、バラされたくなかったら協力しろ』かもしれないですね。……ねえ、先輩」

店員が過剰に反応した。顔は真っ青で、体を小刻みに震わせていた。

「で、その万引き犯Aが何？」

「そんなに急《せ》かさないでくださいよ。『普段は良い顔していて実は腹黒』先輩♪」

「…………」

これは、いつもの軽口なのか？　それとも、僕を敵視しているのか？

掌にじっとりと汗がにじんだ。まぶたが震える。

僕は、間違っていたのか……？

早伊原に会った時、いつかこいつは僕の秘密を暴くかもしれないと思った。しかしそれは直感であり、勘だった。彼女を騙《だま》すことなんて、本気になれば容易《たやす》いと、そう思っていた。

「でも最近になって、警察が動き始めた。そうなるとまずい。さすがのAも焦ります。そこで、人に罪をなすりつけることにしたんですよ」

彼女は、分かっている。僕の罪を、知っている。どうしてだ。誰から聞いたんだ。彼か？　いや、そんなはずは――。

僕は動揺を隠しつつ答える。

「ふうん、どうやって？」

「こうやって、です」

「……！」

彼女が携帯電話を僕の前にかざす。画面内には、録画された動画が流れている。映っているのは、二人の男。辻浦慶と、矢斗春一。スーパーで話をしている。僕が肩を摑み、そして――決定的瞬間が、映されていた。僕は、観測されていた。

世界が反転するような衝撃を受けた。全てがちぎれ、ばらばらになっていく。しかし、僕はすぐに拾い集め再起動させる。このままでは、まずい。本当に、人生が終わる。

「こ、の――」

僕は彼女から力ずくで携帯を奪い取る。そして画面を机の角に打ちつけた。小さな電子音が鳴り、携帯の画面は破壊された。もう一度叩きつける。今度は本体がひしゃげる。完全に彼女の携帯は沈黙した。

「……あぁ、それ、まだ契約期間一年くらい残ってたのに……弁償ですからねー」

彼女が大した感慨もなさそうに、僕の手の中の壊れた携帯電話を見る。店員も沈黙していた。そして――、僕はあることに気付き、すうっと体温が下がる。僕は、何をやっている。どうして、こんなことをした。この部屋にも、監視カメラがあるというのに。

これでは、僕が万引き犯Aだと認めているようなものじゃないか。

「ちなみに、さっきのデータはクラウド上に上げといたので、その携帯を壊しても意味がないですよ」

そうだろう。犯人の前に貴重な証拠を提示する探偵は愚かだ。早伊原が、そんなことをするはずもなかった。

僕は、へなへなとした動きでパイプ椅子を引き、ようやく座った。そのまま、頭《こうべ》を垂れる。何も言えなかった。

どうして僕がこんな目にあう。悪いのは、全て――こいつじゃないか。

約束を破ったのは、こいつだ。僕はちゃんと言っていた。高校で彼女を作るなと。破ったら、お前の人生を終わらせると。こいつは早伊原という彼女を作った。だから、宣言通りにこいつの人生を終わらせようとした。それだけだ。

僕の人生を狂わせたんだぞ、こいつは。それなのにどうしてだ。どうして、こうなる。

早伊原が待ちくたびれたように言う。

「そろそろ頃合なので、警察を呼びますね」

「やめろ早伊原」

制したのは彼だった。

「え、えええぇ……どうしてですか。万引き犯ですよこの人。私の行きつけの店も潰してるんですよ」

「頼むから」

彼がそう言うと、早伊原は唇を尖らせるだけで、それ以上口出ししなかった。

「辻浦」

矢斗が、僕の名を呼ぶ。顔を上げると彼と目が合った。彼は、さきほどまでの浮いた雰囲気が霧消していて、中学の頃の雰囲気に戻っていた。矢斗は静かに言った。

「もう、終わりにしよう。お互いのことに捕われているのは、未来を蝕むだけだ」

矢斗の表情は、痛いほどに優しかった。

自然と言葉が紡がれる。

「なんでだよ。お前が悪いんだろうが、矢斗。反省してるなら、悪いと思ってんなら……おとなしく人生終われよ！」

矢斗は、僕に同情するような視線を向けた。それがひどく僕の心をえぐった。

「辻浦。過去のことで、お互いを滅ぼし合うべきじゃないんだよ」

お前は、この僕に何をしたと思っているんだ。お前が通っている高校は、僕が通うべき高校だったんだ。僕を陥《おとし》いれた罪は重い。

「僕は君のいじめとか、万引きとか、そういうのは気に食わない。受け入れられない。君だって、僕のことを受け入れられない。それなら、それでいいじゃないか」

「いいわけが、ねえだろ……！」

声が上ずった。僕は冷静になるために視線を彼から外す。早伊原は暇そうに窓から外を眺めている。店員――進藤は、その場で立ち尽くしていた。放心状態だ。これからどうなるのか、不安で仕方ないのだろう。

「先にやったのは、お前だろうが。僕が何をした？　中学の時、僕はお前に何もしてないだろ。それなのに、お前がいじめの証拠で揺さぶって、僕は志望校を変えざるを得なくなった。矢斗、お前は報いを受けるべきだろ」

そう言うと、彼は沈痛な面持ちで目を伏せた。何回か口籠《くちご》もり、言う。

「僕は――」

「辻浦先輩」

ようやく出てきた矢斗の言葉を早伊原が遮る。

「推薦の言葉の意味、分かってますか？　あなたはいじめをしていたんですよね。それが事実なら、推薦を受けられなくて当然です。ただそれだけのことじゃないですか」

早伊原の視線に一瞬言葉を失う。呼吸が乱れる。彼女がこういうことを言う時は、決まって笑っていた。言葉のトゲを笑顔で帳消しにするように。しかし今は、――蔑視《べっし》していた。彼女の静かな怒りは、僕の心臓を凍らせた。言葉がうまく出てこない。

「……でも、そんな……責められるほどいじめてたわけじゃ」

「いじめの程度を加害者が語らないでください。普段の学校生活を志望先に見られたら困るということに変わりはないんですよね？」

「…………それは……」

「自業自得《じごう》じゃないですか。それに、そんなに藤ヶ崎《ふじがさき》高校に来たかったのなら、推薦なんてやめて、後期試験で普通に入ってくればよかっただけじゃないんですか？　それができない。つまり、学力が足りなかったんですよね？　ということは、結局、あなたが馬鹿なのがいけないんです」

今の彼女の言葉は、軽口ではない。一つ一つが、確実に彼女の本心だ。だから、痛い。

「言い訳は馬鹿がするものです。『ルールから外れている』とか『失礼だ』とか『ずるい』とか、そういうくだらないことを言うのは、いつだってプライドだけが高い馬鹿です。自分の頭が悪いからって外に理由を求めないでください。迷惑です」

「おい、早伊原」

矢斗がなだめようとするが、彼女はしゃべり続ける。

「本当ならあなたの人生はここで終わっています。あなたがこれから普通に生きていけるのは、全て、春一先輩の——甘さのおかげです。財布を渡しひれ伏し靴の裏を舐《な》めこれから稼ぐ金全てを譲渡する契約書を即座に作る位はするところでしょう。それなのに、言い返す。負けを認められない」

彼女はそこで息を吸い込む。部屋中の音という音が消えた中、僕にトドメを刺すための言葉が彼女の口から飛び出る。

「ちょっと、調子に乗り過ぎですよ……？」

全身が膠着《こうちゃく》する。体感温度が下がり、思わず身震いしそうになり、鳥肌がぶわっとたった。

「早伊原」

矢斗が彼女の腕を摑んで強制的にやめさせた。彼女ははっとして目を伏せる。

僕は、僕は——何も言い返すことができなかった。何かを言おうとして口を開くが、何も出てこない。矢斗が僕と目を合わせる。

「……辻浦。言っておくが、僕は早伊原のようには思ってない」

矢斗の声音は淡々としていた。

「僕はただ、君が嫌いなんだ」

嫌いなのに、中学の頃、矢斗は僕の前で爽《さわ》やかな笑顔を浮かべていた。矢斗は、そういうやつだ。だからこそ、こうやって本心を言うのには、違和感があった。

「今回君を警察に引き渡さないのは、僕が甘いからでも、優しいからでもない。ただ、自分の手を汚したくないだけだ。ここで君の人生を終わらせると、僕の精神衛生上良くない。それだけだ。君のことは少しも考慮してない。だから、終わらせよう。僕と君は、関わっていても良くないことが起こるだけだ。そういうやつって、いるもんだよ」

ただし、次何かしたら――。彼はそう呟く。

これは脅しだ。自分はまぬけにも相手に弱味を与えただけだった。彼は笑っているだろう、にやにやと、僕を嘲笑《ちょうしょう》しているに決まっている。そう思い、顔を上げた――。

しかし、そうではなかった。彼は唇を引き結んで、真《ま》っ直《す》ぐに僕を見つめていた。僕は咄嗟《とっさ》に目を背ける。何だ。どうして彼は笑っていない。ざまあみろって笑えよ。もう一度彼を見るが、表情は変わっていなかった。確固とした決心を胸の内に潜ませている。

僕はなぜか虚《むな》しくなった。

どうしてだ。どうして、こんなに惨《みじ》めな気持ちになる。僕は間違ってなんかいないはずなのに。それなのに、今までの自分の行為が全て無駄なものに、一瞬だけ思えた。取り返せない何かを、失ったような気がした。どうして。気付けば、あたたかい液体が目から流れ落ちていた。

エピローグ

　黒土の湿っぽい香りや青臭さが充満している生徒会準備室。そこには、僕と早伊原樹《さいばらじゅ》里《り》がいた。僕がここに来るのは久しぶりだ。いつもよりにおいが強くないと思うのは、季節の移り変わりに因《よ》るものらしかった。

「春一《はるいち》先輩」

　入り口から向かって右側に座っている彼女が声をかけてくる。僕はいつも通りに彼女の向かいに座っている。何をするでもなく、放課後、僕らは読書をしていた。彼女はミステリ小説、僕は恋愛小説だった。ん、と単音で返事をする。

「ちょっといいですか？」

「だめだ」

「まだ日程も内容も話してないのに……。せっかちですね。だから先輩は『シスコン寡《か》黙《もく》勉強そこそこできるなめくじ穴掘り名人』ってあだ名つけられるんですよ」

「どこにつっこめば適切なのか分からないけど、とりあえず、そのあだ名ってせっかち関係ないよね」

僕は本から目を離さずに応答する。

「とにかく、早漏先輩。今日の夜空いてますか」

「僕は女子の下ネタはドン引き派だって話、しなかったっけ？」

「何言ってるんですか。知ってるからこそですよ」

僕はようやくここで読書を諦《あきら》め、栞《しおり》を挟んで本を閉じる。すると彼女はにこりと微笑《ほほえ》んだ。僕は面と向かうのはなんだか気まずくて、目を逸《そ》らす。

「夜っていつだよ。ちなみに深夜三時は空いてない」

「いえいえ、十時頃ですが」

そんな時間に用事があるやつがいるのだろうか。

「まあ、別に何もないけど。……何？」

「ちょっと電話したいので」

今こうやって暇を持て余しているのに、どうしてわざわざ電話で話をしなくてはならないのか、彼女は結局教えてくれなかった。僕の予想では、彼女がろくでもないことに僕を巻き込もうとしている。全力で回避すべきだろう。

「はいはい、了解」

僕は適当に返事をし、文庫本を鞄《かばん》にしまう。

「帰るんですか？」

「ああ」

僕は席を立ち、解錠して生徒会準備室の扉を開ける。外に出て扉を閉めようとするとどうしても早伊原の姿が目に入る。早伊原はもう文庫本に熱中していた。僕は声をかけずにそのまま扉を閉める。いつも通りだ。――が、瞬間開く。

「先輩。……また今夜」

目の前に早伊原の顔がひょっこりと現れ、緩く首を傾《かし》げて笑顔でそう言う。

「あ、うん。じゃあな」

そう言うと彼女は満足そうな笑みを浮かべて教室へと吸い込まれて行った。変な距離感だ。居心地が悪い。

玄関に行くと、見知った人影があった。

「おう、春一」

玄関で会ったのは浅田だった。丁度帰るところのようだ。自然と駅まで一緒に帰ることになる。浅田は学祭実行委員の会議の話を始めた。僕はそれに適当な具合に相槌《あいづち》を打ち、自然に質問を繰り出した。話は聞いていたがほとんど頭を使っていなかった。

「ありがとな」

だからだろう、唐突に言葉が出てきてしまった。

「へ？　何が？」

浅田は何の心当たりもないように、虚を突かれた反応をする。

「この前の、……辻浦《つじうら》のこと。お礼言うタイミングなかなかなくて。学校でこういう話をするのも、あれだし」

早伊原から聞いた話だが、浅田は、匿名《とくめい》メール事件の後から僕をつけていたらしい。僕に何かあると感づいたのだという。そして同じく僕の過去を調査していた早伊原と遭遇。二人は協力して僕の過去を暴《あば》くことになった。じきに辻浦に辿《たど》り着き、浅田は辻浦をつけ始めた。

「ああ、いいよいいよ。全然」

店内でトラブルを発生させて店長を外に出してくれたのも浅田だ。クレーマーな浅田など想像できないが、やったらしい。

「お前は、親友だしな」

親友。その響きにどきりとする。何か悪いことをしている感覚になる。しかし、僕を縛るものはもうない。

「……そうだな」

だから僕は、一言、認める言葉を返すだけでいい。

浅田はこういうやつなのだ。どうしても首を突っ込まないといられない。覚えてろ浅田。何か君にあった時、僕もきっと首を突っ込んでやる。

「にしても、早伊原さん、性格きっついな」

「あぁ、何？　裏の方見たの？」

「そりゃあもう。表だって一緒に行動することはそれこそなかったけど、電話とかで結構連絡取り合ってて――いや、取り合うというか、一方的に役割を言い渡されて情報を搾取《さくしゅ》されてたというか……」

「ああ……」

彼の表情が段々と暗くなっていく。早伊原の本性は皆にショックを与える。

「でも、お前とぴったりって感じだな」

「は？　どこが？」

「そんなマジになんなよ」

浅田は笑って僕の背中を叩《たた》いた。別にマジになんかなっていない。

この話はそこで打ち切りとなり、再び学祭の話をした後、駅で別れた。

自室のベッドに寝転びながら、十時数分前を指す時計を眺める。

僕は早伊原と決別した。しかし、辻浦の一件があってから、ぐだぐだと関係を戻しつつあった。以前と同様に気が向けば僕は生徒会準備室に行くし、廊下ですれ違えば彼女は絡《から》んでくる。一見、前と変わらないように見える。しかし、微妙な距離感があった。以前はもっと本質ぎりぎりまで切り込んできたのに、今は何もかもが表面的に思える。何より、いつもしてきたあの質問を、彼女はしてこなくなった。

それも当然だろう。こういう場合は、一回お互いの考えを言い合わなくてはいけないのに、僕らは互いに謝るどころか、決別したことについて一度も話題にしていない。同様に、辻浦のこと、僕の過去のことについても話をしていない。

そもそもが、微妙な関係なのだ。しかし、微妙な関係ながら、それはどこか安定していた。それが今は、不安定だ。ふとしたことで、僕は生徒会準備室に行かなくなりそうだし、廊下で彼女が絡んでこなくなるような気がする。以前のような、強固な何かは感じない。居心地の悪さを感じる。

でも、それでも、僕は早伊原との日々を選び取ったのであった。

「……」

ふと、携帯が光っているのに気が付く。確認すると、早伊原からの着信だった。時計を確認すると十時を数分過ぎていた。サイレントマナーにしていたので気が付かなかった。かけ直すと、彼女はワンコールで出た。

「私からの電話は二秒以内に出ないと先輩のロッカーを燃やすという約束を以前しましたよね」

それは約束ではなく脅迫ではないのだろうか。電話に出た彼女は開口一番いつものように軽口をたたく。

「ワンコールで出るとか、僕からの電話がそんなに恋しかったのか？」

「だって犯人からの電話って早く出ないと、人質のぴーちゃんがどうなるか分からないじゃないですか。ぴーちゃんは無事なんですか」

「ああ、おいしくいただいた」

「うわぁ、先輩。下ネタやめてくださいよ。私、男子の下ネタはドン引き派だって話、以前しませんでしたっけ」

「今のは下ネタだったのかよ」

「ぴーちゃんは私の従兄弟《いとこ》です。小学生男子です」

「確かにそれをいただきました発言は危ないかもしれないが、僕は彼がどうしてぴーちゃんだなんてあだ名になっているのか、とても興味があるよ」

早伊原にいじめられていないといいのだけれど。

「先輩、着替えて出てきてください。近くの公園まで」

「はい？」

彼女の話題の切り替えは、いつも唐突である。

「二分以内に来ないと、ぴーちゃんを食べたことを警察に通報します。それでは」

電話が切られる。僕はしばらく呆然《ぼうぜん》としたが、彼女なら本当に警察に電話をしかねないので急いで着替えて家を出た。家族にはコンビニに行くと言った。公園はすぐ近くだ。自転車で二十秒ほどである。到着すると、ブランコをこいでいる早伊原樹里の姿があった。水色のラインの入ったワンピースに、濃い橙色のカーディガンを羽織っていた。

「あ、先輩来ましたか。ひどい格好ですね」

彼女は器用にブランコから飛び降り、僕のもとへかけてきた。彼女も自転車で来たようで、公園の入り口にはピンクの自転車が置いてあった。

「急がせたのは君だ」

「よし、じゃあ行きますか」

どこへ、という質問は全て受け流された。僕と彼女は、同じ駅を利用しているが、そこからは反対方向だ。自転車で来るとなると、男子の僕でも二十分はかかる。それだけの労力をかけて、彼女は一体何しに来たのだろう。

彼女が僕を連れて行った先は、駅だった。

「先輩。電車が出るまであと三分しかないです。走って下さい」

理不尽な彼女に手を引かれるがままに僕は電車に乗り込む。何とか間に合った。彼女よりも、僕の方が呼吸が乱れていた。電車は空《す》いていた。この車両には、僕と彼女しかいなかった。僕らはボックス席に座る。

「で、何だよ。どこへ向かうんだよ」

「ところで先輩。コンビニ弁当の下に入っているパスタってハンバーグの油を吸収させるためにあるって知ってましたか」

無理矢理受け流された。それから何を聞いても、豆知識が返ってくるだけであった。僕は諦め、途中で無言になる。

「先輩、この駅で下ります」

下りた駅は、僕が毎日通学で使っている駅——学校の最寄駅だった。僕は困惑を隠せない。一体何をするつもりなのだろう。あまり遅くなると、家族が心配するので困る。やはり彼女は行き先を教えなかった。

しかし、すぐに分かった。なぜなら、駅から歩いて十五分で到着したからだ。

そこは、藤ヶ崎高校だった。

僕が呆然としていると、彼女が校門をよじ登り、侵入した。学校には誰もいないようで、職員室の電気も消えていた。こんな時間だ、当然だろう。

「ほら、早く。先輩も」

そう言われ、戸惑いながらも彼女に続く。

「……何をする気？」

「別に何も」

と言いつつ、彼女は中庭に入る。そして一直線に女子トイレの窓に向かい、開けた。

「あら、鍵《かぎ》が壊れてたんですねー、まったく物騒です。泥棒が入ったらどうする気でしょうか」

棒読みでそう言う。彼女は軽い身のこなしで窓をくぐり、トイレに侵入した。そして中から僕を催促する。

「早伊原、警備のセンサーとかあるだろ」

「あれは教室のドアや下駄箱《げたばこ》にしかけられているものですから大丈夫です」

彼女が大丈夫だというのだから、そうなのだろう。深夜の学校、そして女子トイレということもあり、侵入するのは気が引けたが、なぜか僕の体は動いていた。

女子トイレから廊下に出て、階段を上る。真っ暗な学校は怖くはなかった。非常灯の緑の明かりもあり、行動するには困らない。月明かりもある。

階段を一番上まで上り切る。そこには、屋上へと続く金属製の扉があった。ドアノブのところには鎖が巻かれ、南京錠《ナンキンじょう》が下がっている。屋上は立ち入り禁止なのだ。それでも屋上へ忍び込む人（主にカップル）が絶えず、こうやって南京錠が下ろされるまでになった。

どうするのかと思っていたが、彼女はポケットからヘアピンを取り出した。それをぐいっと引っ張り、くの字に変形させる。細い方を南京錠に突き入れると、カチンと解錠される音が響いた。

「お、おい……どうやったんだよ」

「ああ、この南京錠、百円均一のものですから。百円均一のって中の部分を押し込めばいいだけの構造なんですよ」

確かにそういう話を中学の頃に聞いたことがあった。彼女は外した南京錠をその場に置き、鎖を外して、扉を開けた。ギギ、と金属のすれ合う音が夜の中に響いた。開けた瞬間に、風が吹き込む。彼女はそれを受けながら外へと出て行った。何を言われずとも僕は後に続いた。

屋上には高い柵《さく》と貯水タンクしかなかった。思っていたよりも地味で、想像していたよりも面白みに欠けていた。そう——逆に言えば、僕は、深夜の学校に侵入することに、どこか面白みを感じていたのだ。

「さすがに高いですね」

彼女が柵につかまり、下を見る。

屋上からは、駅前の明かりが見えた。その風景はそれほど綺麗《きれい》ではなかったが、僕の心は逸《はや》った。別の方向の柵から校庭を見下ろす。夜に沈んだグラウンドは、大きな画板のように思えた。

「こういうのも、まあ、悪くないですね」

彼女が柵の内側のへりに座る。僕はしばらく四方の柵からそれぞれの景色を見ていた。

十分ほどして、彼女の隣に座る。いつものように、距離を取った。

「それで、君は何がしたいんだよ」

「ほら、先輩って高いところ、苦手じゃないですか」

「そんなこと言ったことないな」

「またまた強がっちゃって」

結局、彼女が何をしたいのか分からなかった。彼女はいつも、何を見て、何を思っているのだろうか。その本当の部分を、僕はやはり知らない。

最近、夏ではないかと思うほどに暑い日もあるが、夜の屋上は肌寒かった。僕がTシャツにチノパン、そしてサンダルという格好だからかもしれない。

僕らは黙っていた。暇だし本でも読もうかと思ったが、今日は本を持っていない。向こうも同じようだった。

ふと頭に浮かぶのは、やはり辻浦のことだった。

僕は過去と向き合い、辻浦と決別すると決めはしたが、具体的な態度は考えあぐねていた。その時に、万引き犯として捕まえられた。皆が、僕と早伊原が付き合っていると思っていることから、辻浦が僕にとどめを刺しに来ることは予想していたが、ああいう手段を使ってくるとは思ってもいなかった。予想外の対峙《たいじ》の仕方だった。

僕は、辻浦に結局一言も謝らなかった。本当は謝ってしまいたかった。土下座をしたかった。殴られたかった。そっちの方が、よっぽど心が軽くなる。――だけど、そんなのは自己満足だ。何の解決にもならない。謝っても許される類《たぐい》のことではない。余計に彼を苦しめるだけだ。それは、過去に向き合ったことにならない。

僕が出した答え。

それは、万引き犯の彼を、僕が追い詰め、万引きをやめさせることだった。彼を更生させる。それが、唯一《ゆいいつ》できる決別で、償いだ。あのまま万引きを続けていたら、彼はいつか取り返しのつかないことになる。僕にはそれをとめる責任があった。

そのためなら、悪にだってなる。

挑発し、軽口を叩き、底の知れないキャラを演じる。それによって、彼の不安を煽《あお》り、冷静さを失わせたら、そこで証拠をつきつける。そして、ボロを出させる。その証拠をもって、彼の悪事を封じる。

そして、僕との関係も完全に切らせる。

彼にとって、僕の存在は癌《がん》だ。彼が前に進むためには、僕のことを忘れるしかない。復讐《ふくしゅう》から解放されるには、決して復讐を遂行してはいけない。それは余計に本人を苦しめるだけだ。忘れるしかないのだ。

だから僕は、真っ当な青春をかなぐり捨てて、彼に対峙した。歪《ゆが》んでいるものを、再び歪めて戻してきた。元に戻るかどうかは分からない。しかし、何もしないよりかは良かったはずだ。

こうして、僕は過去に決着をつけた。まだ完全に過去になるには時間がかかる。もしかしたら僕の予想とは違う方向に辻浦が動いて、再び関わることがあるかもしれない。僕の行動は最善ではなかったかもしれない。結局は自己満足なのかもしれない。しかし、僕だからこそできる行動だったはずだ。これからも必要さえあれば、僕は何度でも過去に向き合おう。自らの傷口を開き、手を突っ込もう。

これが、僕の決別だ。

だから、僕は、全てを終えて、森さんに答えを出すことができる。

ふと、早伊原の視線を感じたのでそちらを向くと、彼女はすぐに目を逸らし、正面を向いた。

もう一度、何しに来たのか聞こうとした時、彼女が言う。

「先輩、どうして森先輩のこと、振ったんですか」

「……えっと」

急すぎて言葉に詰まる。彼女の思考は僕よりも一・五倍ほど早い。だから沈黙して考えを巡らせ言葉にするのが僕よりも一・五倍早いのだ。

僕は森さんを振っていた。辻浦との一件があった次の日だ。

「どうしてそのことを知っている」

「万引き事件の次の日の放課後に、森先輩に呼び出されたからです」

「あー……何話したんだ？」

「それを話すことは乙女機密同盟の取り決めに違反するので言えません」

「恐ろしい同盟だな」

早伊原が加わっているというのが、恐ろしい。会話の内容は教えてくれないようだった。それでもいい。無理に聞こうとは思わない。

「僕が森さんを振ったのは、単に、好みじゃなかったからだよ」

「結構、可愛《かわい》らしい人だったじゃないですか」

「女子の言う可愛いと、男子の言う可愛いは違う」

「じゃあ森先輩のこと、ブスだと思うんですか？」

「……いや、思わないけど……」

今日の早伊原は、やたらと絡んでくる。話題から逃げさせてくれない。自分は何も話さないくせに、僕からは情報をかっさらっていく。

「先輩は、青春がしたいんじゃないんですか？」

「ああ、したいね」

「謎解《なぞと》きではなく、真っ当な青春がいいんじゃないんですか？」

その通りだ、と頷《うなず》く。

「森先輩と付き合ったら、先輩の思い描いた青春の日々を手に入れられたんじゃないんですか？」

そういうことになる。もちろん、承知していた。

「だから言っただろう。僕は単に彼女のことが好みじゃなかった」

本人にも、そう言った。辻浦との一件も決着がつき、僕は過去から解放された。その上で、一人の女子に対する真っ当な返答をした。正直、僕は告白を受けるつもりだった。しかし、言葉を発していたら、なぜか振っていた。そういうこともあるのだ。

自分のことなど、一番良く分からない。

森さんは泣いていた。それに心を痛めた。だけど、仕方がない。告白というのは、そういうものなのだから。人の真っ直《ま》ぐ《す》な気持ちをぶつけられれば、お互い心地よいか、お互い傷付くか、どちらかなのだ。彼女だって、そのリスクを知っていて告白してきたんだ。だから正しい。

　正しい、傷付き方だ。

「それだけだよ。僕が今まで嘘《うそ》をついたことがあるか？」

「嘘ばかりついています」

「……何？　どうしてそんなこと気にしてるんだよ。君のことが好きだから断ったとか言って欲しかったのか？」

「鳥肌が立つようなこと言わないでください。あやうく一昨日《おととい》食べたカレーを吐くところでした」

「器用だな」

　彼女はただ、僕の本心が分からなくなっただけだろう。だからこそ、僕にどう接すればいいのかの線引きができないでいるのだ。

「じゃあ僕からも聞くが、君はどうして万引き事件の時、僕を助けてくれたんだ」

　数日前、僕は早伊原にメールを送った。僕が、早伊原に協力を申し込んだのだ。辻浦と対峙するには、それしかなかった。彼女は返事はよこさなかった。

　しかし、裏で彼女は行動していた。『僕と早伊原が本当に付き合っているのか』を確認しに藤ヶ崎高校の校門で待ち伏せていた辻浦に声をかけられた彼女は、彼から僕の過去を引き出そうとした。ゲーセンの入り口で見かけたのは早伊原と辻浦だったのだ。辻浦は髪型が変わっていたので、後ろ姿から彼だと判別できなかった。

　同じ頃、早伊原と浅田は協力関係を結び、二人で僕と辻浦のことを調べ回った。結局深くは分からなかったが、早伊原は、辻浦が何かをしようとしている雰囲気に気が付いた。それを浅田に伝え、僕をつけていた浅田は森さんと接触し、僕の過去を聞き出した。そこで緊急事態が発生しようとしていることを二人は知った。

　そうして、僕がスーパーで買い物している時に早伊原からメールが来た。『今どこですか？』、決別してから初めてくるメールだった。僕は余程の緊急案件かと思い、即座に返信した。彼女はその時、浅田の辻浦尾行により、スーパーで何かが起こると察し、すぐ近くまで来ていた。そして僕が裏部屋に連れて行かれた時に、辻浦が僕の鞄に商品を詰めた瞬間の映像を撮ったこと、店長にクレーム処理をやらせているからしばらく部屋に戻らないこと、自分が謎解きをするために裏部屋に行くこと、などが書かれたメールが来た。

「助けたんじゃないですよ。ただ、事件を解決したかっただけです」

　そうか、と返事をする。そう答えがかえってくることは分かっていた。行動を見れば、彼女が僕を助けてくれたのは一目瞭然《りょうぜん》だ。

「じゃあ、どうして僕の過去のことを探っていたんだ？」

「先輩が隠すから、気になっただけですよ」

「結局、分かったのか？」

「森先輩に答え合わせしてもらいました」

早伊原に、僕の過去を知ってほしくなかった。それは、僕の本質に関わることだからだ。いつものような軽口の勢いで、そのことに関して言われたら、僕は立ち直れない。

「…………」

だけど早伊原は何も言わなかった。

「先輩は……」

彼女が口籠《くちご》もる。珍しいこともあるものだと思って彼女を見ると、目を伏せていた。思い悩んでいるのだろう。言うべきか、言わざるべきか。伝わっているのか、伝わっていないのか。不安なのだ。表情からありありと伝わってきた。

はっとする。

それが普通の女の子のように思えた。早伊原は全てにおいて達観していると思ったが、こういう側面もあるのだと知った。

「早伊原」

「な、なんですか」

僕は立ち上がり、彼女の前に立つ。

「……一度しか言わないからよく聞いておけ」

彼女は戸惑ったように頷く。

「僕はミステリが嫌いだ。君が僕の過去を突き止めたのなら、僕の過去の愚かな過ち《あやま》を知ってるんだろう？　だからだ、だから嫌いなんだ。……だけど、少しなら早伊原に付き合ってやってもいいと思ってる」

「え……？」

「君は、浅田の告白に、ちゃんと答えていたらしいじゃないか」

僕がそのことを知ったのは、森さんに返事をした日の夜だ。メールで教えてもらった。

「僕は、君が偽りの理由で真っ直ぐな思いを汚《けが》すのが許せない。だけど、君は、浅田には『お付き合いとか考えられないです。ごめんなさい』と返事をした。彼氏がいるから、という偽りの理由を使わなかった」

彼女は、顔を伏せていた。

「僕がその日にきつく言ったからなのか、それとも自分でそう判断したのか、僕にはよく分からないし、聞こうとも思わないけど、君がこれからも、人の真っ直ぐな気持ちにちゃんと答えるのなら、――僕は君の前から消えたりはしない」

だから、遠慮なんかしなくていい。そういうのは、君らしくない。

いつものように、ミステリがあったかどうか、僕に聞いて来ればいい。そしたら、嫌がりながらも教えてやる。いつものように、僕らの間に挨拶《あいさつ》なんかいらない。「また」

なんて言わなくても僕は君の前から消えたりしない。

「大体、君も、最初からちゃんと答えたって僕に言えばよかったじゃないか」

「う、うるさいです」

彼女がなぜちゃんと答えたのか、それはやはり、僕があの日の昼に少しきつめに言ったからだろう。僕は、彼女にまるで影響を与えられないと思っていた。なぜなら、全てを適当に受け流されてしまうからだ。

だけど、それはきちんと彼女に届いていた。言葉は受け流されても、思いは届いていた。

彼女はこれを認めないだろう。こういう、意外に初心《うぶ》な一面を、彼女が認めるはずがない。だから僕も強くは聞かない。

「それと、早伊原」

「なんですか……？」

彼女の表情がいまいち晴れないので、僕は追加することにした。

早伊原は頭が良くて、全てを軽くこなしてくるが、それでもやはり不安になるのだ。明確な言葉がないと、拠《よ》り所がないと、分からなくなってしまうんだ。演技を続けていると、本当の自分が分からなくなってしまうように。

だから、言葉が必要なのだ。

「僕はいつも君の嫌がることをしているし、君のことを嫌いだと言ったり、可愛くないと言ったりするけど、……別に嫌いなわけじゃない」

僕は彼女の先輩として、歩み寄らなくてはならないだろう。

「へえぇぇ」

しかし、それが良くなかった。彼女は立ち上がり、途端ににんまりと口元を歪《ゆが》める。

さっきまでの空気が霧消した。

「つまり先輩は、いつも私に冷たい態度を取っていますけど、内心では『樹里ちゃん好きだよ！　はすはす！　激萌《も》えぴょん！』ってことなんですねぇ」

「分かってないな、嫌いじゃない、という言葉の広さを。嫌いという一点を除いているだけなんだよ。つまり、限りなく嫌いに近いのかもしれないだろ」

「そうですねぇ」

彼女は増長していた。立ち上がり、僕の隣に来る。「私の魅力にようやく」とか「先輩も見る目が」などという話をつらつらと続ける。僕は半分それを聞き流しながら、彼女に見えないように微笑んだ。

本書は「スマホ小説大賞二〇一四　新潮文庫賞」受賞作である。刊行に際し、改稿を行った。

デザイン　川谷康久（川谷デザイン）

謎《なぞ》好《ず》き乙女《おとめ》と奪《うば》われた青春《せいしゅん》

新潮文庫　せ－17－1

平成二十七年三月一日発行

著者　瀬《せ》川《がわ》コウ

発行者　佐藤隆信

発行所　株式会社新潮社

郵便番号　一六二―八七一一
東京都新宿区矢来町七一
電話　編集部(〇三)三二六六―五四四〇
　　　読者係(〇三)三二六六―五一一一
http://www.shinchosha.co.jp

価格はカバーに表示してあります。

乱丁・落丁本は、ご面倒ですが小社読者係宛ご送付ください。送料小社負担にてお取替えいたします。

印刷・錦明印刷株式会社　製本・錦明印刷株式会社

ISBN978-4-10-180028-8　C0193